# 살며 느끼며

## 2

이중동

살며, 생각하며
여행의 도중

차 례

# 1. 살며, 생각하며

## 2. 여행의 도중

# 1. 살며, 생각하며

# 새로운 출발을 하면서

### ● 지나간 날에 매달리지 말자.

사업을 하였거나 직장을 다녔거나, 하던 일을 그만두고 그 자리에서 물러나면 몸담았던 일터에서 어떠한 직위나 지위에 있었건 그것은 지난날에 불과하며 이제부터 다시 새로운 시작이 있을 뿐이다. 과거에 미련을 두고 '내가 어떻게 해주었는데 그럴 수 있나' 하고 섭섭하다는 생각을 한다면 그것은 착각이다. 지금의 자신은 지난날 부하였거나 함께 일했던 사람의 상관이나 동료가 아니며 인연(因緣)을 맺었던 사람들의 사업이나 업무에 영향을 미칠 수 있는 위치는 더욱 아니다. 그 사람들이 과거와는 다르게 대한다고 못마땅해하거나 서운하게 생각하지 말아야 한다. 어디까지나 본인의 사업과 목적하는 이익을 위하여 도움이 되는 위치와 관련된 업무나 직책 등에 접근하고 친했을 뿐이라는 것을 알아야 한다.

재물이나 권력, 과거에 자신이 자리했던 위치와 조건 등으로 인하여 가까이했던 사람은 그 근원이 없어지면 멀어져가는 것이 세상의 이치(理致)다. 오랜 경험과 노하우를 바탕으로 일해보겠다고 과거 업무와 관련된 산업으로 회귀하는 것은 신중하게 판단하고 처신해야 한다.

효용 가치가 없어지면 외면당하고 따돌림을 받는 것을 당연한 일로 받아들여야 하고, 더욱 추(醜)하게 되는 일은 지난날 직장의 동료나 후배에게 누를 끼치거나 부담을 주게 되는 것이므로 자신의 이익을 위하여 같이 일했던 사람을 곤란하게 함으로써 욕을 먹는 일은 하지 않아야 한다. 전관예우(前官禮遇)로 자주 매스컴에 오르내리는 좋지 못한 사례를 거울로 삼아야 할 것이다. 지난날은 떨쳐버리고 다시 새로운 삶을 향하여 나아가야 한다.

### ● 주변 사람에게 의지하지 말자.

일상에서 가족과 친지에게 의지를 하거나 의존도가 높아서는 안 된다. 직장에 매달려 일정한 규율하에서 한정된 부류의 사람들과 만나고 제한된 범위의 업무를 처리하면서 사회생활에 다양하게 적응하기가 어려웠던 사람과, 아무런 제약도 없이 자연스럽게 여러 부류의 사람들과 어울리며 살아온 사람은 생각이나 생활 자체에 차이가 있을 수밖에 없다.

직장에 몸담고 규칙적인 생활을 하던 사람이 직장을 그만두고 나면 다양한 사람들과 어울리면서 재미나게 살아가는 일에 서툴 뿐만 아니라 아침을 먹고 나면 마땅하게 갈 곳이 없다. 그렇다고 가족에게만 매달려서는 눈치 받고 귀찮은 존재로 전락하기 십상이다. 만나주는 사람도 금방 줄어든다. 그들도 자신의 일을 해야 하고 자기만의 생활이 있기 때문이다. 전화나 말로는 연락을 하라거나 만나서 식사라도 하자고 하지만 그것은 인사치레로 생각하는 것이 자신을 위해서도 바람직하다. 아무런 이익이 되지 않는 사람을 만날 필요가 없으니 부담이 되고 귀찮은 존재로 여겨지기 싫다면 말이다. 지금 살고 있는 이웃이 가장 가까운 사람이다. 따라서 자기만이 즐길 수 있는 소일거리를 찾아서 만들어야 한다. 그동안 가족과 가정을 위하여 직장에 충실하면서 즐기거나 경험하지 못하였던 새로운 배움과 봉사 활동이나 예술, 취미 등 다양한 일이 있다. 자신을 위한 삶을 향하여 망설이지 말고 도전해야 한다. 처음에는 쑥스럽고 서툴러도 적응을 해나가다 보면 여러 사람들을 만나게 되고 새로운 보람과 재미를 느낄 수 있을 것이다.

## ● 자신을 위해 살아라.

직장 생활에 충실하기 위하여 세상에 그 무엇보다 소중한 자신을 잊고 살아오지 않았는가. 가족의 생계 유지나 자녀의 양육과 교육을 위하여, 혹은 가족 친지와 주변의 관리는 말할 것도 없고 직장에서는 보다 나은 보직이나 승진을 위하여, 혹은 본연의 업무 외에 주어진 사회적인 책임과 의무를 위하여 최선을 다하고 때로는 마음에 들지도 않는 숱한 일들을 수행하기도 하면서 자존심을 억제하며 여기저기 눈치 보고 윗사람이나 주변인의 비위를 맞추어 가면서 갖은 모욕과 수모까지도 감내하면서도 인내하고 묵묵히 버티어오지 않았는가. 지금부터라도 자신을 위한 삶을 살기 위한 즐거움과 보람을 찾아서 재미있게 생활을 해야 건강하고 행복한 여생을 누릴 수 있다.

그동안 시간과 기회는 물론 마음의 여유마저 없어서 못해보고 미처 알지 못하였던 또 다른 일들을 접하고 배우고 즐기다 보면 새로운 인간관계도 자연스럽게 만들어지고 자신의 삶도 가치가 있을 뿐 아니라 행복해진다.

얼굴을 알아보기 힘들 정도로 모자를 눌러쓴 채 가슴을 웅크리고 어깨를 늘어뜨리고 위축된 모습으로 무슨 잘못이라도 저지른 사람처럼 기죽어 살지 말고, 웃음 담은 얼굴로 어깨를 펴고 가슴을 내밀어 허리를 곧게 세우고 당당하

게 살아가는 자세가 필요하다. 아무도 나의 삶을 대신 살아
주지 않는다. 인생의 주인공은 바로 자신이기 때문이다.


**● 재산 증식을 위한 노력은 욕심이다.**

무리하지 않는 범위에서 주머니를 열고 주변에 베풀어
야 한다. 주머니를 열지 않으면 아무도 어울려주려고 하지
않는다. 아무리 많은 재산을 모아도 모두를 두고 빈손으로
간다. 투자다 뭐다 주변의 유혹이 많고 걸려 오는 전화도
많다. 자칫 퇴직금마저 날리는 우(愚)를 범할 수 있으므로
신중하게 대처해야 한다. 욕심을 내기보다는 주변인들과
재미있게 지내는 것이 자신의 건강과 행복을 위하여 바람
직하다. 지나친 욕심은 자칫 명예를 실추시키기 쉽고, 몸
과 마음을 상하게 하며, 주변에서 사람들이 멀어져가게 한
다. 부질없이 여기 저기 권력이나 이권(利權)의 주변을 기
웃거리다가는 명예와 건강 외에 생계를 위한 재산마저도
날려버리기 십상이다.

아무리 많은 재물을 가졌어도 이용하지 못하면 자기의
것이 아니다. 재산이 있다면 가치와 보람이 있는 일에 사
용하는 것이 바람직하며 스스로 이용할 수 있어야 자기 것
이다. 자녀에게는 많은 재물을 물려주는 것보다 올바른 정
신을 물려주는 것이 진정으로 가치 있는 일이다. 자녀는

부모의 생활을 보면서 자라기 때문에 부모의 행동과 생활 습관이 곧 자녀의 교과서인 동시에 자녀는 부모의 거울이다. 패륜(悖倫)을 저지르는 부모를 보고 자란 자녀는 패륜아(悖倫兒)가 되기 쉬운데 그 이유는 가정에서 부모의 살아가는 모습을 보고 배우면서 자랐기 때문이다.

### ● 무리한 일거리를 만들지 마라.

농장 경영이나 어떤 사업을 하고자 한다면 자신의 능력이나 체력과 형편에 맞추어서 실행하여야 한다. 퇴직 후에 농장을 경영하는 안락한 전원생활을 꿈꾸기도 하지만 직장 생활을 하면서 오랜 기간 준비를 해오는 등 미리 갖추어져 있지 않은 상태에서 시작을 해보려 한다면 그것은 모험이다. 오랜 시간과 노력은 말할 것도 없고 많은 자본을 투자하여야 하고, 무엇보다도 배우자의 동의와 협조를 받아내는 것이 우선이며 신체적으로 무리가 가지 않아야 한다.

이상만을 따르다 보면 얼마 가지 못하여 지치고 후회할 일만 생긴다. 여가 활용과 취미 생활을 겸하여 적당한 수익이라도 얻기 위하여 시작한 농장이 무리한 투자와 지나친 욕심으로 관리 능력의 한계를 벗어나게 되면 골병만 남고 주위 사람들과 어울릴 기회마저 없어진다. 단순히 낭만적인 생각으로 물 좋고 경치 좋은 곳만 찾아 자리를 잡았다면 땅값은 오르지 않고 힘이 들 뿐만 아니라 제대로 관리도 되지 않아 자칫 주위의 사람들에게 욕먹기 쉽고 스트레스만 쌓인다. 그러나 어떤 일이든 하기로 결정을 내렸다면 망설이지 말고 과감하게 행동으로 옮겨야 할 것이다. 우물쭈물 망설이다 보면 기회를 놓치게 되고 의욕마저 사라지게 된다.

### ● 부하는 없다.

직장에서 많았건 적었건 자신보다 아래 직위의 사람이 있었다면 그것은 과거일 뿐이다. 퇴직을 하고 난 뒤에도 자신은 변함없이 상관이고 상대는 아래 직위의 사람이라는 생각을 한다면 착각이다. 그렇게 되면 그들로부터 외면을 당하거나 주위에서 사람이 멀어져간다. 직장에서 나오는 순간부터 다시 새로운 삶을 시작하고 모든 것을 처음부터 배우고 적응하면서 익혀나가는 자세야말로 현명한 처신이다.

끼니를 챙기고 집안 청소와 빨래 같은 소소하면서도 살아가는 데 필요한 기본적인 일을 시작으로 가정에서 일어나는 모든 일을 익혀서 어느 한쪽에 너무 의존을 하지 않는 것이 자신의 삶을 위하여 필요하다. 자동차를 운전하고 길을 찾는 일, 지하철을 타는 것에서부터 대중교통의 이용이나 세금을 비롯한 각종 공과금의 처리를 비롯한 기본적인 일들이 수월할 것 같으면서도 예상 외로 쉽지 않은 것은 생활에 기본이 되는 일인데도 불구하고 그동안 별로 신경을 쓰지 않고 살아왔기 때문이다. 공기나 물이 생존을 위한 필수 요건임에도 불구하고 그 귀중함을 모르고 살고 있는 것과 마찬가지다. 생활에 필요한 모든 것의 소중함을 깨닫고 새로이 익혀야 한다.

이 세상의 그 누구보다도 친하고 가까운 부부 사이일지라도 모든 것을 챙겨주지는 않는다. 그동안은 직장 일로 서로의 역할이 구분되어 있어 톱니바퀴처럼 돌아갔지만 이제부터는 그렇지 않다. 오히려 많은 것을 기대하고 의지하다 보면 스트레스는 더 많이 쌓이고 마음을 상하거나 다툼이 생길 수도 있다. 사소한 것부터 자신의 힘으로 해결하고자 하는 자세와 실천이 필요하다.


● **교통수단에 신세를 지지 마라.**

필요할 때 승용차를 대기시키고 예전처럼 편리한 장소에서 기다려줄 것이라는 생각은 오산(誤算)이다. 부득이 다른 사람의 차를 이용하게 되더라도 집 앞까지 태우러 오는 수고를 끼치지 말아야 하고 태워주는 사람에게 편리한 장소를 약속하고 먼저 나가서 기다려야 하며 내릴 때에도 자신이 편리한 장소가 아니라 운전자가 편리한 위치를 택하여야 한다. 운전하는 사람이 기다리게 만들거나 자신에게 편리한 장소를 택하게 되면 속으로 귀찮아하거나 다음부터는 태워주지 않으려고 한다. 결국은 자신의 손해다. 과거의 지위나 위치만 생각하여 당연시하지 말고 '고맙다', '감사하다'는 말을 잊지 말아야 하며 이동 중에도 직장의 업무나 직장 내 사람들과 관련된 이야기나 불필요한 가족 이야기 등으로 부담을 주는 것보다는 일상적인 이야기로 편하게 대해야 다음을 기약할 수 있다.

한마디의 말이라도 과거처럼 하대를 하거나 함부로 해서는 안 되며 지나치게 깍듯이 대하여도 부담스러워한다. 자연스럽게 대하고 될수록 업무와 관련하여 부탁이나 청탁을 하지 마라. 도움이 되지 않을 뿐만 아니라 마음을 상하고 사람만 잃게 된다.


● **건강을 챙겨라**

무엇보다 중요한 것이 건강이다. 세월이 지나갈수록 연금은 상향선을 그리는 반면에 건강은 하향선을 그린다. 지나친 술과 담배 그리고 스트레스, 무리한 운동이나 노동은 행복 지수를 낮추고 연금 수급 기간을 단축시킨다. 마음만큼은 젊어서 남에게 지고 싶지 않은데 현실은 그렇지 못하다. 산을 오르거나 운동을 하고 견문을 넓히는 등 무슨 일을 하건 욕심을 내어 무리를 하면 쌓인 피로의 회복이 늦어지고 몸에 문제가 발생한다. 자신이 스스로 몸을 달래가면서 조절을 해야 하고, 어떤 일을 하더라도 반드시 이기려고 아등바등하지 말아야 하며, 적당하게 양보해주기도 하는 지혜가 필요하다. 자리에 눕는 시간을 줄이고 승용차는 멀리하되 부지런히 자주 움직여야 하며 여러 사람들을 만나기도 하면서 즐겁게 살아야 한다.

나이가 들어서 보면 학교를 많이 혹은 소위 명문이라는 학교를 나왔거나, 나오지 않았거나, 지위가 높았거나 그렇지 못하였거나, 재산이 많거나 적거나 대화의 수준은 거의 비슷한 것 같다. 세상을 살 만큼 살아왔으므로 나름대로의 상식과 경험이 있기 때문이다.

상대방을 무시하는 말이나 행동을 하지 말고, 다른 사람에 대하여 좋지 않게 말하지 마라. 그런다고 자신의 인격이 높아지는 것이 아니라 오히려 적만 만들게 된다. 될수록 말은 많이 하지 말고 귀를 열어두면 주위에 미처 몰랐던 또 다른 세상을 만나거나 배우게 되며 마음의 즐거움도 얻을 수 있다. 반면에 말이 많아지면 자연스럽게 같은 말을 반복하게 될 뿐만 아니라 불필요한 말이 많아지고 잔소리가 늘어나 듣는 사람이 지루하게 느끼고 주위에서 멀어져가게 된다. 때로는 자신의 말이 부메랑이 되어 자신에게 돌아오기도 한다.

## ● 게으름은 멀리하라

매일같이 일정한 시간에 출근을 하고 긴장된 생활을 하다가 갑자기 아침을 먹고 나서 갈 곳이 없어지니 자연스럽게 긴장감이 풀어지고 늦잠을 자게 되어 아침을 거르는 일도 생기게 된다. 게으름은 바로 건강의 적이다. 일정한 시간에 일어나서 식사는 반드시 챙기고 갈 곳이 없으면 산책이라도 규칙적으로 해야 한다. 자리에 누워 있는 시간이 길어지면 밥맛이 떨어지고 소화도 잘 되지 않는 데다 쓸데없는 공상만 하게 되며, 온몸이 쑤시고 아프거나 탈이 나서 신체는 녹슬어간다. 몸이 무거우니 자연스럽게 게으름과 친해지고 모든 일에 의욕마저 멀어져간다. 무엇인가 거리를 만들어서 부지런히 쫓아다녀야 몸이 녹스는 속도도 줄고 생활에도 활력이 생긴다. 게으름과 부정적인 생각을 친구 삼지 말고 멀리해야 한다. 궁색한 소리를 하거나 자랑일지라도 같은 말을 반복하지 마라. 궁색한 말을 한다고 해서 즐겁게 들어주거나 도움을 주고 좋아할 사람은 없으며 오히려 주변에서 사람을 멀어지게 하는 역효과만 돌아온다. 긍정적인 생각과 부지런한 움직임이 행복과 건강을 유지하는 가장 좋은 보약이다.


## ● 눈높이를 맞춰라

나를 내세우지 말고 돈 자랑, 과거 자랑, 자식 자랑, 가족 자랑, 지인(知人) 자랑 등과 같이 자신과 관련한 자랑은 하지 마라. 부질없는 짓이다. 자랑하는 그 일이 상대방에게는 약점으로 감추고 싶은 일일 수도 있기 때문이다. 현재 상대하고 있는 사람들과 눈높이를 맞추면 가까운 사람이 늘어나고 생활이 즐거워진다. 주변의 사람과 어울리지 못하면 외로워지거나 소외감을 갖게 되어 우울해지고 병을 얻게 된다. 일로일로 일소일소(一怒一老 一笑一少)는 어려운 일이 아니다. 마음먹기에 달렸다.

나를 내세우지 않고 자신을 낮추면 적어도 추락하지는 않는다. 잘 모르면 입을 다물고 있으면 점잖다는 말을 듣게 되지만 잘 알지도 못하면서 많이 아는 척 떠벌이거나 지지 않으려고 우겨대기만 하면 경박하다는 말을 듣게 되고 주위에서 사람들이 멀어져간다. 양보하는 것이 곧 이기는 길이다.

굳이 과거에 내가 무엇을 하였으며 어떤 지위에 있었다고 내세우거나 자랑하지 마라. 과거의 지위나 경력은 이미 흘러간 물과 같아서 돌아올 수 없으며 현실과는 거리가 멀다. 오히려 처신을 잘하면 말을 하지 않아도 자연히 알려지게 되고 사람들로부터 인정을 받게 된다. 과거는 중요하지 않다. 현실이 가장 중요하다. 현재가 즐거우면 평생이 즐겁다. 오히려 지난날의 경험이나 경력을 살려서 도움을 줄 수 있는 일이 있다면 조건 없이 베풀고 대가를 바라지 말아야 한다. 그래야 보람이 있고 주위의 사람들과도 친해질 수 있다.

### ● 목표를 정하고 실천하라

"요즘 뭘 하면서 지내나?" 퇴직을 하고서 만나는 사람마다 물어오는 말이다. 이렇다 하게 대답할 말이 궁하다. 무엇을 했는지 바쁘게 하루가 지나갔는데도 내세울 만한 것이 없다. 하루하루를 목표도 없이 무의미하게 살다 보면 재미가 없고 보람도 느낄 수 없다. 어렵고 이루기 힘든 일보다는 하기 쉬운 것부터 실천하려는 노력이 필요하다.

사회적인 시스템이 잘 갖추어져 있으므로 정보를 알고 이용만 잘 하면 할 수 있는 일이 많다. 예를 들어 예술 분야 등에 관심을 갖는다면 늦었다고 생각하지 말고 당장이라도 새로운 분야에 입문하여 열심히 해본다거나, 글에 소질이 있다면 책을 내겠다, 음악을 좋아한다면 악기를 배워보겠다, 봉사 활동을 하겠다, 무슨 자격증에 도전해보겠다는 등 나름대로의 목표를 갖고 실천하며 살다 보면 아무런 계획도 없이 생활하는 것보다는 훨씬 보람이 있고 행복해질 수 있다.

# 명예(名譽)

"바람처럼 왔다가 이슬처럼 갈 순 없잖아 내가 산 흔적 일랑 남겨둬야지…" 하고 노래한 가수가 있다. 노랫말처럼 대부분의 사람들이 자기가 이 세상을 살았었다는 흔적을 남기기 위하여 좋은 일을 많이 하거나 훌륭한 업적을 쌓기도 하며 부와 명예를 좇기도 하고 여러 가지 일들을 하지만, 어떤 사람은 자신의 자취를 남기기 위한 수단으로 바위나 돌 그리고 나무 등에 이름을 새겨놓기도 한다.

오늘날에도 그렇지만, 한때 정부 기관이나 조직의 지도층에 있는 이들이 산하(傘下) 기관 등을 방문한다거나 특별한 행사에 참석이라도 하게 되면 나무를 심고[紀念植樹] 아무개가 심었다는 푯말을 새겨 흔적을 남기거나, 공덕비(功德碑)를 세워 업적을 새겨놓기도 하였는데, 그가 떠나고 나면 심은 나무가 제대로 관리가 되지 않거나 죽어버리기도 하고, 바위나 돌이 깨어지고 방치되는 경우가 있는가 하면 오히려 비난을 받거나 욕을 먹게 되는 일도 있었다.

나라에서 주는 급료를 받는 사람으로서 당연히 해야 할 일을 해놓고 그것을 자신의 업적으로 내세워 돌에다 이름을 새기는 일들이 일반 국민들의 의사와는 상관없이 행하여지거나 혹은 윗사람의 비위를 맞추고 관심을 끌기 위하여 아랫사람들이나 추종자들이 알아서 처리해주는 경우가 다반사였다.

집안 대대로 부와 명성을 누리고 행세를 하였던 전통이 있는 가문의 식솔들이 집성촌을 이루고 살아왔거나, 오랜 역사와 전통을 간직하고 있는 고장에 가보면 비석들을 따로 모아놓은 곳이나 비각(碑閣)을 짓고 비석을 세워서 보호하고 있는 곳을 볼 수 있는데, 이들은 대부분 전면(前面)에는 '무슨 벼슬, 어디 성씨, 아무개', 뒷면(後面)과 옆면에는 고인의 업적이나 벼슬과 행적 등을 새겨놓고 있다.

명문거족(名門巨族)이나 물질적으로 부유하여 풍요를 누리는 집안일수록 사후(死後)에 무덤을 크게 만들고 많은 석물(石物, 石人, 石獸 등)을 세우고 화려하게 꾸며서 가문(家門)과 가세(家世)를 과시하려 한다. 이러한 일이 관존민비(官尊民卑)사상이 사회 전반을 지배하던 왕조 시대에는 무덤에 묻히는 망자(亡者)의 벼슬에 따라서 규모에 제한을 두었다고 하지만, 자본의 대소에 따라서 삶의 질을 가늠하게 된 오늘날에는 관직과는 상관없이 재산의 상태에 따르는 경향이 더 큰 것 같다.

종교 시설이나 마을의 공동 시설, 가문(家門)의 제각(祭閣) 등에 시설물이나 기념물이라도 설치하게 되면 자금을 제공한 사람과 그 일을 맡아서 추진한 사람들의 이름을 돌이나 현판 등에 새겨서 남기기도 하고, 자연 경관이 좋은 산이나 강, 바다와 냇가의 바위 등에 이름을 새겨서 보는 이의 눈살을 찌푸리게 만드는 경우도 허다하다. 심지어 외국의 역사적인 구조물이나 유명한 관광지에 이름으로 낙서를 하여 뉴스거리가 된 적도 있었다.

금강산을 관광해본 사람이라면 경관이 수려(秀麗)한 곳마다 온통 북한 지도자의 이름과 그를 찬양하는 문구로 채워져 있는 것을 보았을 것이다. 언젠가는 지워지고야 말 흔적들인데….

진주 남강변 뒤벼리 길의 벼랑에 힘찬 필치로 새겨져 있는 이름이 친일파로 밝혀져 여론의 뭇매를 맞은 적도 있었다. 당시에는 그 정도의 이름을 새길 만한 재력과 권력을 누리고 있었겠지만 차라리 빼어난 경관을 해쳐가면서 이름을 새겨놓지 않았더라면 후손들이 어려움을 당하지 않앉을 것인데 부질없는 욕심으로 아니 함만 못한 일을 한 것이다.

이처럼 많은 사람들의 발자취 남기기와는 별도로 우리나라 역사상 본인의 의사와는 상관없이 아름다운 흔적을 남긴 인물도 있었다. 전라남도 기념물 제198호의 주인공 박수량의 백비[長城朴守良白碑]가 그것이다. 박수량(1491~1554)은 조선 중기인 중종·인종·명종 시대의 문신으로 형조판서·우참찬, 좌참찬, 한성부판윤 등을 지낸 인물로 그의 무덤 앞에는 아무런 기록도 없는 백비(白碑)가 있다고 한다. 그는 "시호도 주청하지 말고, 묘 앞에 비석도 세우지 말라"는 유언을 남겼을 정도로 청빈한 삶을 살았다고 하며, 40여 년간 3대에 걸쳐서 임금을 섬기는 높은 벼슬을 지냈으면서도 장례를 치르지 못할 만큼 가난하여 나라에서 장례를 치러주었는데 그의 청백한 행적을 글로 찬양한다는 것이 오히려 누가 될 수 있다 하여 글을 새기지 않고 상징적으로 백비를 세웠다고 전한다.

동서고금(東西古今)을 막론하고 탐관오리(貪官汚吏)의 눈으로 본다면 융통성 없고 앞뒤가 막힌 답답한 공직자로 보였을 것이다. 그러나 그가 주어진 직위를 이용하여 자신의 욕심만을 챙겼더라면 짧은 생애 동안 부귀영화를 누릴 수 있었을지는 모르지만 아름다운 이름을 길이 후대에 남기지는 못하였을 것이다.

　역사에 좋은 이름을 남기느냐 그렇지 않으면 좋지 못한 이름을 남기느냐 하는 것은 그 사람의 살다 간 발자취가 말한다. 미세한 먼지가 오랜 기간에 걸쳐 장롱 위에 쌓여서 두터운 층을 이루듯이 어떤 사람의 명예란 그 사람의 일생을 통하여 행하는 일들이 소리 없이 쌓여서 아름다운 이름으로 후세(後世)가 기억하게 되는 것이 아닐까.

　오늘날을 살고 있는 우리가 명심하고 지켜야 할 도리를 선대(先代)를 살다 간 현인들은 한마디 말로 가르쳐주고 있다.

　※ … "대장부의 이름은 푸른 하늘의 밝은 해와 같아서 사관(史官)이 책에 기록해 두고 넓은 땅 위에 사는 사람들의 입에 오르내려야 한다. 그런데 사람들은 구차하게도 원숭이와 너구리가 사는 숲속 덤불의 돌에 이름을 새겨 영원히 썩지 않기를 바란다. 이는 날아가는 새의 그림자만도 못해 까마득히 잊힐 것이니, 후세 사람들이 날아가버린 새가 과연 무슨 새인 줄 어찌 알겠는가"라고 말하였다. 대장부가 이 세상에 태어나서 영원히 후세에 전할 수 있는 일로는 삼불후(三不朽), 즉 덕(德)을 세우는 것(立德), 공훈(功勳)을 세우는 것(立功), 저술(著述)을 하는 것(立言) 이

외에는 없다. 그런데 사람들은 자신을 아는 사람이 후세에 아무도 없을 텐데 자기 이름을 돌에 새겨 전하려 한다. …

사람의 말과 행동(言行)은 물이 흐르듯이 자연의 순리에 따라야 한다. 지나친 의욕과 욕심을 갖고서 무리하게 업적을 남기고 성과를 이루려고 하다 보면 문제가 발생하고 지탄(指彈)의 대상이 될 수도 있다. 좋은 일을 많이 하다 보면 자연히 다른 사람들로부터 인정을 받게 되고, 육신(肉身)은 소진(消盡)이 되어도 그 이름은 후세에 오랫동안 남길 수 있게 되는 것이다.

권력이나 돈으로 얻은 명예와 억지로 돌에 새긴 이름은 오히려 얻지 않고 새기지 않음만 못할 수도 있다. 석가세존이 그의 제자인 아난존자에게 '향을 싼 종이에는 향냄새가 나고, 생선을 싼 종이에는 생선 냄새가 난다'고 했다는 법구비유경의 가르침과 같이 사람의 행위는 그가 어떤 삶을 살았으며 어떤 행위를 하였느냐에 따라서 흔적을 남기게 되고 후세에 의하여 평가를 받게 되는 것이다. 굳이 돌에 이름을 새기지 않더라도 말이다.

※ 최석기 지음 「남명과 지리산」, 남명 조식 선생이 쌍계사에서 불일폭포로 오르면서 바위에 새겨진 여러 사람들의 이름을 보고 한 말 중

26

# 정당하지 않은 재물에 욕심내지 말아야

스스로 땀 흘려서 노력하지 않고 권력이나 직위를 이용하여 부정한 재물을 취득하거나 뇌물을 받고 거짓말, 사기(詐欺), 도둑질, 공갈(恐喝), 협박(脅迫), 도박(賭博) 등의 부정(不正)한 방법과 옳지 못한 수단으로 재물을 모으거나 권력을 잡아 다른 사람을 불행으로 몰아넣고 자신의 배를 불리는 사람들이 그 부정한 행위가 밝혀져 감옥을 드나들거나 비난을 받으면서 뉴스거리가 되어 신문과 방송에 도배가 되었음에도 자신의 그릇된 행위를 불의(不義)라 생각하지 않고 오히려 그것을 능력이라 여기거나, 모두들 그렇게 하는데 자기만 재수가 없어서 걸려들어 법의 심판을 받게 된 것이라 생각하는 사람이 거의 도덕불감증 수준으로 만연한 것 같아서 안타까움이 더한다.

인간의 많은 욕구 중의 하나가 소유욕이다. 그 가운데에서도 재물(財物)에 대한 욕심은 스스로 만족하는 사람이 적어서 한없이 추구하게 되고, 적게 가진 자는 조금이라도 더 가지려 하고, 가진 자는 더 많은 것을 가지려고 수난과 방법을 가리지 않는다. 물론 재물이란 많으면 좋다. 재물이 있으면 다른 사람을 거느리고 지배할 수 있을 뿐만 아니라 힘들고 도움이 필요한 사람들을 위하여 베풀 수 있으며, 어려움에 처하고 불행한 사람에게 행복과 웃음을 가져다줄 수도 있고, 오랫동안 남을 수 있는 기념물이나 시설물을 세우고 인류의 복지를 위한 일을 할 수 있다. 더불어 명예나 지위를 얻거나 몸이 아프면 치료를 받을 수도 있고 많은 좋은 일을 할 수 있게 해줄 능력을 가진 것이 재물이다.

인간이 살아가는 데 있어서 보다 나은 삶을 위하여 발전적으로 나아가는 원동력이 되는 욕망을 무조건 좋지 않은 눈으로 보는 것도 옳지는 않다. 다만 자신과 이웃, 사회와 국가는 물론 인류 모두의 행복을 함께 추구하는 조화로운 삶을 위하여 절제된 욕망이 필요할 뿐이다.

어떠한 형태든 욕망의 추구는 스스로가 행하는 행위의 결과물로 나타난다. 다만 욕망의 충족을 위하여 행하는 행동이나 사고(思考)가 얼마나 정의롭고 정당한가 혹은 그렇지 못한가에 따라서 세간의 칭찬을 받기도 하고 비난의 대상이 되거나 영어(囹圄)의 몸으로 추락하기도 한다.

일찍이 공자(孔子)는 논어에서 군자(君子)에게 육신(肉身)과 정신(精神)의 모든 행위에 있어서 지켜야 할 아홉 가지 생각[敬身九思]을 설파하여 우리가 살아가면서 일어나는 온갖 욕망의 유혹에서 자신을 성찰(省察)함으로써 사회가 필요로 하는 인간이 되기 위하여 올바르게 행동하여야 할 일들을 일깨워주고 있다.

경신구사 가운데 마지막 구절인 견득사의(見得思義)에 대하여 짚어보자. 중국 동한 때 하남 지방에 현명한 아내의 단기지계(斷機之戒)의 일화로 유명한 악양자(樂羊子)라는 사람이 살고 있었다. 하루는 그가 귀로(歸路)에 우연히 길바닥에 떨어져 있는 금덩이를 줍게 되었다. 가난한 선비였던 그가 어려운 살림살이에 고생하는 아내를 생각하고 길에서 주운 금덩이를 집으로 가져와 그의 아내에게 주었다. 그러자 좋아할 줄 알았던 아내는 정색을 하고서 다음과 같은 경계의 말을 하였다.

"청렴한 사람은 도천의 물도 마시지 않으며[不飮盜川之水], 뜻 있는 선비는 혀를 차면서 주는 밥을 먹지 않는다고 했습니다. 어찌 길에 떨어진 물건일지언정 재물을 탐하여 선비의 행동을 더럽힐 수 있겠습니까." 이에 악양자는 부끄러워하며 금덩이를 그가 주웠던 곳에 다시 가져다 버렸다.

물을 마시면 도적질하고 싶은 생각이 난다고 알려진 도천(盜川)의 물은 아무리 목이 마르고 갈증이 나더라도 마시지 말아야 한다거나 혹은 샘물의 이름에 도둑 도(盜)자가 들어 있다고 하여 샘에서 나는 물을 마시지 않는 것이 올바른 선비의 자세이며, 불쌍하다고 생각하면서 동정하듯 주는 음식은 아무리 배가 고파도 먹을 수 없다는 것이 옛날 선비들의 정신자세였다.

평소에 알고 지내는 사람 가운데 공직에서 정년퇴직을 한 분과 나눈 대화 중에 우연히 지나가는 이야기처럼 한 말이 생각난다. 젊은 시절 어떤 업체에 업무상의 일을 처리하여주게 되었는데 그냥 교통비나 하라고 하면서 봉투를 하나 주더란다. 별다른 생각 없이 그 자리에서 열어보지도 않고 집으로 돌아가서 봉투를 열어보니 수표가 한 장 들어 있었는데 당시 공무원 봉급의 몇 달치에 해당하는 상당히 많은 액수였다. 그 봉투를 아내에게 내밀었더니, 부인이 무릎을 꿇고 앉아서 사정을 하였다고 한다. "나는 이런 것 받지 않아도 당신이 가져다주는 봉급만으로 살림을 꾸려나갈 수 있으니 도로 가져다주세요. 만약에 당신이 이런 일로 일자리를 잃게 되면 살아가는 데 힘이 들뿐더러 부모, 형제, 자식은 말할 것도 없고 이웃이 부끄러워서 살아갈 수 없으니 내일 당장 되돌려주세요.” 그 말에 그가 다음 날 봉투를 도로 가져다주었고 이후에 퇴직할 때까지 뇌물을 받지 않았다는 말을 듣고 참으로 현명한 부인이라고 생각했다. 남편이 오랜 공직 생활 동안 수많은 유혹을 뿌리치고 명예롭게 정년을 맞이할 수 있도록 지켜준 사람이 바로 그 현명한 부인이 아니었을까.

조선 시대 선비였던 율곡 선생이 황해도 석담에서 공부하고 있을 때 양식이 없어 굶다시피 궁핍하게 지내고 있다는 소식을 들은 친구이자 황해도 감사(監司=관찰사)였던 최립이 쌀 한 말을 보내왔다. 그러자 감사의 많지 않은 급료로 식솔(食率)들을 먹여 살려야 하고 제반 경비가 많이 필요할 것으로 생각한 율곡은 보내온 한 말[斗]의 쌀이 친구의 개인 재산이 아니라 공적 재산인 국고를 축냈을 것이라 생각하고 바로 되돌려 보내고 말았다. 비록 친구의 우정이 담긴 적은 양의 재물이었지만 옳지 못한 재물이라 판단되었기에 차라리 굶주림을 선택했던 율곡의 견득사의(見得思義)정신에서 나온 결단이었다.

오늘날 조금이라도 영향력을 미치는 위치에 있으면 온갖 부정과 부패를 일삼고 비리로 얼룩지는 일부 계층에서 깊이 느끼고 배워야 할 처신의 본보기라고 생각한다.

살아가면서 생활을 위하여 필요하기에 열심히 일하여 벌어들이고 얻어지는 많은 종류의 재물이 있다. 서양의 철학자 베이컨은 '돈은 사용하기에 따라서 최상의 하인이 될 수도 있지만 최악의 주인이 될 수도 있다'고 하였다. 굳이 그의 말이 아니더라도 재물은 인간이 삶을 영위해나가기 위해 필요한 하나의 도구임을 부정할 사람은 없을 것이다. 그렇지만 재물을 인생의 목적이 아닌 성공적인 삶을 살아가기 위한 도구로서 명예롭고 떳떳하게 취득하고 사용하는 것이 올바른 길이라 생각한다.

열심히 일하여 정당한 방법으로 돈을 벌어서 가족을 부양(扶養)하고 부끄럽지 않게 살아가기 위하여 성실하게 일하는 사람들에게는 부정을 저지르는 사람들보다 더 많은 어려움과 인내와 절제가 요구된다. 궂은일이나 힘든 일을 도맡아 하고 많은 성과를 내고서도 인사에서 불이익을 당하거나 자칫 융통성 없는 고지식한 사람이라고 따돌림을 당할 수 있고, 생활에서는 절약과 검소가 요구되기 때문이다.

살다 보면 극복하기 어려운 수없이 많은 유혹들이 손짓하고 부른다. 그렇지만 그 유혹들을 뿌리치고 떳떳하게 가슴을 펴고 살아간다면 마음은 편하고 행복해진다. 권력을 비롯하여 미인과 재물 앞에 떳떳하고 부끄럽지 않을 때 비로소 인간은 위대해질 수 있다고 한다.

탐욕(貪慾)이라는 말은 봉사[盲人]라는 의미가 있어서 욕심에 눈이 어두우면 사리 판단이 흐려져 분별력이 약해지고 눈앞에 보이는 욕구의 충족을 위하여 수단과 방법을 가리지 않게 된다. 의(義)로운가 불의(不義)한가를 판단하지 못하는 사람은 앞을 보지 못하는 맹인과 다를 것이 없다. 수고하고 땀을 흘려가면서 노력한 결과로 주어지는 정당한 대가가 아닌 불로소득(不勞所得) 앞에 항상 의(義)라는 잣대를 가지고 재단하는 견득사의(見得思義)의 절제된 정신을 상기하면서 살아간다면 윤동주 시인의 말처럼 '하늘을 우러러 한 점 부끄러움이 없는' 삶이 아닐까.

# 무례한 일본 정치인


2011년 7월 1일 일본 극우 정치인 3명이 우리 정부에서 입국을 허가하지 않았음에도 불구하고 이를 무시하고 김포 공항에 들어와서 외교적인 몰상식과 결례는 말할 것도 없고 한바탕 코미디 쇼를 벌인 다음 우리나라의 요리인 비빔밥을 시켜 먹고 한국산 김만 잔뜩 사가지고 돌아갔다. 자국에서 유권자들의 시선을 끌기 위한 선거 전략으로 특이한 행동을 해보겠다는 계산을 하였을지도 모를 일이다.

속담에 '모진 놈 옆에 살면 벼락 맞기 쉽다'는 말이 있다. 상대하기 싫은 사람은 가까이하지 않는 것이 제일 좋은데 그렇게 할 수 없는 것이 우리나라와 일본의 관계다. 틈만 나면 우리나라를 괴롭히는가 하면 강제로 점령하여 36년 동안 갖은 방법을 동원하여 수탈(收奪)과 만행(蠻行)을 저질렀으며 제2차 세계대전 중에도 수많은 악행을 저지른 그들의 잔인성과 비인간성은 세계의 모든 사람들이 잘 알고 있는 사실이기는 하지만 오랜 역사를 통하여 우리 국민들이 그들로부터 겪은 고통은 필설(筆舌)로서는 표현할 수 없을 정도다.

더욱이 역사적으로나 실효적으로 분명하며 과거 일본 정부와 일본인들이 제작한 지도뿐만 아니라 각종 문서에서도 엄연히 대한민국의 땅으로 인정하고 있는 독도를 자기네 영토라 억지를 부리는가 하면, 동해(東海)를 일본해(日本海)라고 주장하는 일부 일본 정치인의 그릇된 정신과 남의 것을 빼앗으려 위협하고 협박하는 침략 근성은 현재진행형으로 강도나 부랑자의 행위와 다를 바가 없다.

그들이 일으킨 전쟁으로 고통을 받고 상하거나 죽어간 무고한 생명들이 얼마나 많았는가. 걸핏하면 이웃 나라에 도발을 일삼고 원전 사고로 바다와 자연을 오염시키고서도 사과의 말 한마디 하지 않고 재난을 당하고 어려움에 처하였을 때 도와준 이웃에 대하여 감사를 표하기보다는 오히려 도발을 일삼는 그들의 그릇된 영혼이 오히려 불쌍하고 가련할 뿐이다. 성경에도 죄의 값은 사망(로마서 6장 23절)이라 하였는데….


어떤 국가이든 자국의 이익과 안녕에 위해(危害)가 되거나 이롭지 못한 영향을 미칠 수 있다고 판단되는 사람이나 물품에 대하여는 입국을 금지하고 추방을 하거나 제재를 가하는 것은 당연하다. 따라서 침략자정신으로 부정한 의도를 가진 일본 의원의 입국을 금지하는 것은 국가 수호의 차원에서라도 잘한 조치라고 생각된다.

울릉도 방문을 강행하려는 일본 자민당 의원인 신도 요시타카[新藤義孝], 이나타 도모미[稻田朋美], 사토 마사히사[佐藤正久] 3명이 우리 정부의 입국 금지에 불만을 표시하고 출국을 거부하며 "우리가 테러리스트도 아니고 무슨 근거로 한국 국경의 안전을 위협한다고 하는지 납득할 수 없다"며 외교적인 무례는 말할 것도 없고 침략자적 근성을 감추지 않았는가 하면, 전날에는 독도 영유권을 주장하며 울릉도를 방문할 계획이었던 일본의 다쿠쇼쿠[拓殖]대학 시모조 마사오[下條正男]교수가 입국하려 하자 우리 정부가 쫓아 보냈다.

신도 의원이 "독도는 일본 영토"라는 등의 치기(稚氣)어린 망언으로 우리 국민을 자극해놓고도 테러리스트가 아니라고 억지를 부린다면 그들은 침략자란 말인가? 외교적 마찰과 관련해서는 "입국 금지를 하면 큰 외교적인 문제가 될 것"이라며 공갈 협박까지 하였다고 한다.

내 집에 강도나 도둑이 들어오면 쫓아내거나 들어오지 못하게 막는 것은 정당방위이자 당연한 조치인데도 불구하고 도둑이 오히려 집주인을 비난하고 공갈 협박까지 하고 있는 꼴이니 그들이 정상적인 상식과 정신을 가진 사람들이라고 볼 수 있겠는가?

이들에 맞서 우리 국민들도 그들에 대한 항의집회를 하고, 포항에서도 대규모 집회가 열리고 있었으므로 만약 그들이 국내에 들어왔더라면 더 큰 문제가 발생하였을 것이다. 그렇게 되었더라면 그 일을 세계적으로 이슈(issue)화함으로써 그들이 노리는 독도 영유권의 국제사법재판소 기소에 한 걸음 다가서게 되었을 것이 불을 보듯이 뻔하다. 일본 내의 극우주의자들에게 그들의 인지도는 상승하였을 것이고 결국은 그들이 노리는 목적대로 되었을지 모르지만, 다행스럽게도 그들은 공항에서 추태를 부리고는 한 편의 코미디극만 연출한 채 돌아갔다. 지각이 있는 일본 사람이라면 아마도 부끄럽게 생각하고 모멸감(侮蔑感)만을 가졌을 것이다.


그렇다면 강제로 쫓겨난 그들은 어떤 사람들인가? 신도 요시타카 의원의 외조부는 1945년 8월 연합군의 이오지마[硫黃島] 상륙 작전 당시 미군을 상대로 '옥쇄 작전'을 지휘한 구리바야시 다다미치[栗林忠道] 육군 대장으로 이 전투에서 일본군 2만 129명이 전사했다. 이나타 도모미는 변호사 출신인 극우적 성향의 여성 의원으로, 과거 일본이 저지른 역사 왜곡에 앞장서며 '난징 대학살은 허구', '총리의 야스쿠니 신사 참배를 저지하는 배은망덕한 패거리들은 도덕 교육을 논할 자격이 없다' 등의 발언도 모자라 야스쿠니 신사의 문제점을 고발한 다큐멘터리 영화에 대한 정부 보조금 지급에 반대하고 보조금이 지급되자 개봉 전 검열을 요구한 바 있으며, 2007년에는 미국 하원이 일본에 대한 '위안부 사과 결의안'을 만장일치로 통과시키자 이에 대한 전면 철회를 주장하여 전쟁의 희생물로 여자들이 당한 수모를 부끄럽게 여기지 않는 사람이다. 사토 마사히사는 일본 육상자위대간부학교 주임교관을 지냈고 "일한병합조약(한국 강제 병합)은 국제법상 합법"이라는 망언을 하여 비난을 받은 후안무치(厚顏無恥)한 자이다.

이들의 행동과는 별도로 일본 정부는 2011년 7월 2일 '독도는 일본 땅'이라는 내용의 '2011년도 방위백서'를 확정했다고 한다. 그들은 "일본 고유의 영토인 북방 영토나 다케시마[竹島]의 영토 문제가 여전히 미해결인 상태로 존재하고 있다"는 억지 주장과 "다케시마는 역사적 사실에 비추어도, 국제법상으로도 명확하게 일본의 고유 영토다. 한국에 의한 다케시마의 점거는 국제법상 어떤 근거도 없이 행해지고 있는 불법 점거로 한국이 이러한 불법 점거에 근거해 행하는 어떠한 조치도 법적 정당성이 없다"며 역사 날조(捏造)는 말할 것도 없고 역사무지(歷史無知)의 억지까지 서슴없이 드러내고 있다.

그들도 역사적인 사실이나 실효적인 면에서 독도가 한국 고유의 영토라는 것을 분명하게 알고 있다. 그러면서도 그들의 혈관 속에 흐르고 있는 침략자적 근성을 버리지 못하고 잔꾀를 부리고 있는 것이다. 우리나라 영토를 빼앗기 위한 일본의 야욕은 집요하고 끈질기며 치밀하고도 계획적으로 진행되고 있으며, 이를 위하여 그들은 자라나는 후세를 세뇌(洗腦)하기 위한 역사 왜곡은 말할 것도 없고 학교에서 배우는 교과서의 거짓 날조를 지속적이고도 체계적으로 추진하고 있는 것이다.

그들이 역사 왜곡에 얼마나 집요하게 공을 들이고 있는지는 일부 신문 기사에서도 알 수가 있다. 왜곡된 사실로 오랜 기간에 걸쳐 세뇌를 하면 과거를 모르는 세대들은 거짓을 진실인 것처럼 오인(誤認)하고 믿게 된다는 것을 그들은 잘 알고 있기 때문이다. 북한이 6.25를 남침이 아닌 북침으로 세뇌하여 전쟁을 겪지 않은 젊은 세대들에게 혼란을 주고 있듯이….

이후에도 그들의 몰염치한 망발은 계속되고 있다. 우리

국민들이 정신을 차리고 긴장을 하고 있지 않으면 언제라도 그들의 음모에 말려들게 되고 영토의 일부라도 다시 잃게 되는 불운을 당할지 모른다. 일본은 독도를 '다케시마'로, 동해를 '일본해'로 날조(捏造)하여 그들의 앞선 외교력과 경제력으로 세계의 여러 나라들을 매수하여 욕심을 점차 정당화해나가고 있다. 따라서 우리의 국가 지도자나 정치가들도 당리당략이나 개인의 사정에 따라서 협상의 빌미로 독도를 포기하거나 양보하는 어리석음을 저질러서는 절대로 안 되며 우리 국민 누구도 독도를 가볍게 생각하여 일본에 넘겨주기라도 한다면 그는 매국노(賣國奴)라는 좋지 못한 이름을 역사에 영원히 남기게 될 것이다.

아울러 일본은 독일이 그랬던 것처럼 과거에 저질렀던 잘못을 정중하게 사죄하고 용서를 받음으로써 이웃과의 관계를 새로이 하지 않는다면 보다 나은 미래를 향하여 나아가기에는 한계가 있을 것이다.

## ● 일본의 한국 고대사 깎아내리기

기본적으로 한국 고대사 깎아내리기는 여전하다. 가령 한사군 이후 2세기에나 들어서야 한국에 고대 국가가 들어서기 시작한 것처럼 묘사한다. 고조선은 신화에 불과하고 중국의 영향을 받아서 겨우겨우 국가를 세우기 시작한다는, 국내에서 혹독한 비판을 받는 식민사관이 고스란히 반복되고 있는 셈이다. 일본에 문화를 전파한 도래인(渡來人)의 존재에 대해서는 모두가 인정했다. 그러나 미묘한 차이도 눈에 띈다. 다른 출판사들은 도래인이 존재했고 이들이 일본으로 넘어와 문화 전반에 깊은 영향을 끼쳤다는 식으로 서술한 반면 이쿠호샤는 도래인 대신 '귀화인'이란 용어를 앞세웠다. 이는 지유샤의 서술에서도 마찬가지였다. 한국이 많은 영향을 끼쳤다는 것보다 일본이 알아서 이들을 잘 포용했다는 점을 강조한 서술이다.

## ● 임나일본부 기정사실화

여기에다 임나일본부 서술도 강화됐다. 다른 교과서들은 '임나 지역에 일본이 진출했다는 주장이 있다'는 수준에 그친 반면 이쿠호샤와 지유샤는 임나일본부를 기정사실화했을 뿐 아니라 지유샤의 경우 '5세기 동아시아' 지도를 통해 임나가 한반도 남부 전역이라 표시까지 해뒀다. 왜구의 구성도 논란거리다. 지유샤는 왜구에 대해 "일본인 외에 조선인이 다수 포함돼 있었다"고 서술했다. 정재정 동북아역사재단 이사장은 "왜구는 일본의 잔학상을 드러내는 대표적인 사례로 국제학계에 통용된다"면서 "그런 비판적 인식을 피하기 위해 왜구의 활동 책임을 한국으로 떠넘긴 것으로 보인다"고 말했다. 또 조선의 건국을 서술하면서 조선이란 국호 대신 굳이 '이씨 왕조'라는 표현을 강조하는 것도 이들 두 교과서다. 임진왜란 서술도 마찬가지다. 다른 교과서들은 일본이 전쟁을 일으켜 조선인들이 많은 피해를 봤다는 식의 건조한 서술을 선보인다. 그러나 이쿠호샤와 지유샤는 전국을 통일한 도요토미 히데요시의 의기충천을 강조한다. 특히 지유샤는 도요토미가 중국을 넘어 인도까지 공략하는 장대한 스케일의 구상을 품고 있었다고 서술하고 있다. 정한론에 대한 서술도 두 교과서는 유독 편파적이다. 다른 교과서들에는 조선이 일본의 과

도한 요구를 수용하지 않자 조선을 정벌하자는 의견이 대두됐고, 이 의견은 일본 내에서 크게 받아들여지지 않아 정한론을 주장했던 이들이 실각했다는 내용까지 포함돼 있다. 그러나 유독 이들 두 교과서만큼은 조선의 폐쇄적인 정책 때문에 어쩔 수 없이 정한론이 나올 수밖에 없었다고만 서술해뒀다. 1910년 강제 병합에 이르기까지의 과정도 이들 두 교과서는 '어쩔 수 없이 했다'는 데 강조점을 찍는다. 다른 교과서들은 일본이 외교권을 박탈하고, 내정권을 틀어쥐어 이 과정에서 많은 저항이 있었다고 서술하고 있다. 반면 이쿠호샤는 "일본도 인접한 조선이 러시아 등 구미 열강의 세력하에 놓이게 되면 자국의 안전이 위협받게 될 것이라는 위기감이 강해졌다"고 서술했다. 일본으로서는 선택할 카드가 없었다는 주장이다. 지유샤는 아예 한술 더 떠서 "러일전쟁 뒤 일본은 한국통감부를 두고 근대화를 추진했다"고 썼다.

## ● 3·1운동 폄하… 종군위안부 서술 없애

이는 자연스레 3·1운동에 대한 폄하로 이어진다. 다른 교과서들은 윌슨 미국 대통령의 민족자결주의로부터 대규모 시위로 이어지는 과정을 서술하고 있지만, 이쿠호샤는 시위 사진 1장으로 대체해버렸고 지유샤는 '초기엔 비폭력, 나중엔 충돌로 사상자 발생' 정도로만 간략히 언급하고 만다. 일본의 식민지 정책에 대해서도 다른 교과서에는 창씨개명, 황국신민화 같은 용어들이 등장하지만, 이쿠호샤와 지유샤는 교묘하게 이를 비튼다. 가령 종군위안부에 대한 서술은 사라졌고 창씨개명의 강제성과 저항에 대해서는 언급을 피한다. 여기에다 지유샤는 "미혼 여성은 여자정신대로서 공장에서 일하게 됐다"고까지 했다.

(출처: 네이버)

# 외형(外形)에 현혹되지 않아야

'절망과 기아선상에서 허덕이는 민생고를 시급히 해결하고… '라는 공약을 내걸고 새마을운동이 시작되기 이전인 1960년대까지만 하여도 농촌에서는 가을 추수가 끝나기 바쁘게 보리와 밀의 파종을 마치고 나면 볏짚으로 이엉을 엮어서 오래되었거나 낡고 썩어버린 초가지붕을 걷어내고 새로 엮은 이엉으로 갈아 바꾸어 덮으면서 월동 준비가 시작됐다.

이 시기가 되면 흑갈색에 가깝던 초가지붕이 새로이 밝은 색으로 바뀌면서 농촌 마을의 운치를 더하여 마치 한 폭의 수채화를 보는 느낌 이상으로 보기가 좋았다. 초가지붕을 새로 갈아 바꾸는 일은 한두 사람의 힘만으로 하기가 어려운 작업으로 이웃끼리 품앗이를 통하여 공동 작업을 함으로써 마을의 협동심과 단결심을 높이는 한편 이웃 간의 정을 돈독하게 하는 촉매 역할도 하였다.

산업 기반이 취약하여 봄부터 시작된 농사일로 바쁘게 지내다 추수가 끝나고 월동 준비가 마무리되면 이렇다 할 일거리가 없었으므로 농토가 없는 사람들은 고기잡이배를 타러 가거나 일자리를 찾아서 도시나 타지(他地)로 떠나기도 했지만 그러지 못한 사람들은 이렇다 할 소일거리가 없다 보니 자연스럽게 도박에 빠져들게 되어 가사를 탕진하기도 하는 시기가 겨울철 농한기(農閑期)이기도 하였다.

부지런한 남자들은 볏짚을 이용하거나 대나무 가지 혹은 싸리 등을 채취하여 멍석이나 삼태기, 빗자루 등 가정에 필요한 도구를 만들기도 하고 새끼를 꼬아 고기잡이용 그물을 짜서 내다 팔기도 하였으며, 여자들은 주로 여름철에 손질하여 놓은 삼[麻]이나 모시, 무명실[木綿絲], 명주실(silk) 등으로 베를 짜서 가족들을 입히거나 시장에 내다 팔아 돈을 만드는 일이 거의 전부였다.

대부분의 사람들이 오늘날처럼 경제적으로 풍족하지 못하였으므로 옷이 낡고 찢어지면 기워서 입고, 명절이 되면 새 옷을 사서 입는 것이 아니라 집에서 손수 지어서 입거나 깨끗하게 빨아서 입고, 큰아이가 입었던 옷을 동생에게 내려서 입혔다. 신발도 대부분이 고무신으로 오래 신어

구멍이 나고 찢어지기라도 하면 헝겊을 대어서 깁거나 신기료장수에게 때워서 신었으며, 장롱이나 밥상 등 가정에서 사용하는 가구는 오늘날처럼 유행이 지났거나 취향과 맞지 않아 싫증이 난다고 해서 내다 버리는 것이 아니라, 고장이 나거나 부서지기라도 하면 부서진 곳을 고치고 덧칠을 하는 등 수리를 하여 사용하였다.

농한기가 되면 장롱 등의 가구를 수리하는 소목장(小木匠)이 이 마을 저 마을로 다니면서 부서지거나 고장이 나고 낡은 가구를 수리하였는데, 이웃 마을에 사는 자그마한 체구에 평범한 외모의 소목장이(농장이) 한 분이 해마다 일정한 시기가 되면 찾아와서 앞마당의 양지쪽에 작업장을 펼쳐놓고 새 장롱을 주문 받아 팔기도 하지만 대부분은 고장 나고 낡은 장롱을 고치거나 가정에서 사용하는 가재도구 등을 수리하는 일을 하였다.

소목장 일은 가정에서 주부들이 주로 사용하는 가구를 수리하는 작업이므로 처음에는 일거리가 별로 없다가도 하루 이틀 시간이 지나면 차츰 일거리가 많아지게 되고 일을 하면서 자연스럽게 구경하는 사람들과 세상 사는 이야기가 오고 갔다. 오랜 기간 여러 마을을 다니면서 쌓은 다양한 경험을 가진 농장이는 말솜씨가 좋고 재미가 있어서 구수한 그의 이야기에 이끌려 자연스럽게 사람들이 모여

들었다. 오늘날처럼 TV와 라디오 같은 대중오락매체가 그렇게 발달하지 못하였던 시대였으므로 농장이가 하는 이야기는 자연스럽게 새로운 뉴스였고 코미디였으며 해학이 될 수밖에 없었다.

　가구 수리를 하는 작업장의 주위에 모여 담소를 나누는 어른들 틈에서 들은 이야기 가운데 기억에 남는 농장이의 한마디 말이 기억에 남는다. '일을 하기 위하여 이 마을 저 마을로 떠돌아다니다 보면 일거리 자체가 주로 부녀자들을 상대로 하는 작업인지라 우선 여자들의 관심부터 끌어내야 일감이 많아지기 때문에 여자들의 심리를 재빨리 파악하여 환심을 사는 것이 무엇보다 중요하다. 첫눈에 사람을 알아보고 성격을 판단하여야 하는데, 이 여자는 나름대로 자존심이 강하고 잘난 척하며 똑똑한 티를 내겠다는 판단이 서면 단번에 자신은 약간 부족하고 어리숙한 것처럼 행동을 하여야 하지만, 반대로 어리숙하게 보이는 사람에게는 자신이 똑똑하며 많이 아는 체를 하여야 한다. 똑똑한 체하는 사람에게 더욱 똑똑하게 대하면 기분을 상하게 할 수 있으므로 그렇게 하여서는 안 되고, 어리숙한 사람에게 더욱 어리숙하게 대하면 무시를 당하기 십상이므로 상대를 보아가면서 처신을 적절하게 잘해야 일거리가 많아진다'는 말이었다. 그 사람 나름으로의 오랜 경험을 통하여 체득한 비법(know-how)이라고 할 수 있다.

어찌 그 농장이의 말뿐이겠는가. 평소에 똑똑하던 사람이나 나름대로는 현명한 처신을 하고 남에게 지는 것을 싫어하는 사람도 어떤 일에는 처리가 미흡하거나 예상 밖으로 쉽게 사기를 당하는 경우가 있는가 하면, 평범하거나 어리숙하게 보이는 사람이 일 처리를 야무지게 잘하고 빈틈이 없는 경우가 많다. 일반적으로 사람들은 약간은 말을 더듬고 어딘가 허술하게 보이는 사람을 가볍게 보는 경향이 있지만 반대로 말을 잘하고 똑똑하게 보이는 사람은 쉽게 믿는다.

내면으로 쌓인 인격이나 능력보다는 밖으로 나타난 외형만으로 사람을 판단하는 경우가 많은데, 오랫동안 함께 생활해보지 않고서는 그 사람의 진정한 내면의 가치를 알아보는 것이 쉽지 않다. 반듯한 외모나 말솜씨와 더불어 깔끔한 행동 등 외형은 빠질 것이 없는데도 믿기 어려운 사람이 있는가 하면, 외형은 그렇게 뛰어나지 않고 어수룩하며 어딘지 허점이 보이기도 하지만 능력이 있고 믿고 함께할 수 있는 사람도 많다. 사람을 외형만으로 판단하는 것은 옳지 않다. 인간관계만큼 복잡미묘(複雜微妙)한 관계도 없기 때문이다. 그래서 "열 길 물속은 알아도 한 길 사람의 속은 모른다"는 속담이 생겨나지는 않았을까.

　일반적으로 미인이라고 인식되는 '대칭형 얼굴'의 사람들은 타인과 협동하기보다 자기 이익에 집중하는 경향이 강하다는 연구 결과를 14일 영국의 일간지 가디언 인터넷 판이 보도했다. 신문은 영국 에든버러대학의 산티아고 산체스-파제스 교수 등이 일명 '죄수의 딜레마'라고 불리는 실험으로 이와 같은 결론에 도달했다고 소개했다. 인간은 잠재의식 속에서 대칭을 이루는 육체를 건강의 상징으로 받아들이는데 이 때문에 대칭형 얼굴에 본능적으로 매력을 느끼게 된다. 대칭형 얼굴의 소유자들은 혼자서도 온전하다고 여겨 그렇지 않은 사람들에 비해 타인에게 도움을 구할 필요성을 덜 느낀다. 이 같은 특징이 수천 년의 진화 과정을 걸쳐 대칭형 얼굴을 소유한 자들의 성품 속에 내재돼 있고 그것이 오늘날까지 이어져 발현된다고 분석했다.
　＜연합뉴스 2011.8.14.＞

# 우리는 지금 어디로 가고 있는가?

"참말로 이상한 사람도 다 봤다. 글쎄 얼마 전에 저 위에 있는 운동기구에서 운동을 하고 있었는데, 어떤 아주머니가 가까이로 오는 거야. 그런데 알다시피 다리를 앞뒤로 뻗다 보면 운동기구의 발판이 쇠로 되어 있어서 잘못하여 부딪히기라도 한다면 다칠 수가 있거든. 그래서 가까이 오지 말라고 하면서 다칠 수도 있다고 하였더니 대번에 '비싼 밥 먹고 배가 부르니 쓸데없는 소리를 한다'고 하면서 버럭 화를 내는데 할 말이 없더라, 별 희한한 사람도 다 있어요."

"그래서 아주머니는 가만히 있었어요?"

"아무 말도 안 했어요. 무슨 말이라도 한다면 당장이라도 싸우겠던데. 나는 자기를 위해서 한 말인데 화를 내고 욕을 하는데 더 이상 무슨 말을 할 수 있겠어요? 아무 말도 안 하고 말았어요."

"잘 참았어요. 요새는 옆에서 무슨 짓을 하건 간섭하면 안 돼요. 할 필요도 없고요. 사람들이 그냥 악에 받쳐서 사는 것 같아요. 분명히 자기가 잘못을 저질러놓고서도 큰소리치고 싸우려 드니 참으로 희한한 세상이에요."

"요새는 아이들도 함부로 타이르거나 나무라지를 못한 대요. 중학생이나 고등학생들이 담배를 피운다고 무슨 말이라도 해봐요. 어른들이 되려 욕먹고 험한 꼴을 당해요. 자기가 자동차 사고를 내고서도 오히려 큰소리를 치는 사람이 있는가 하면, 버스를 타도 나이 많은 사람에게 자리를 양보하는 젊은이가 드물어요. 세상이 그렇게 달라졌어요."

"참으로 한심한 세상이 되어버렸어요. 옛날 같았으면 어디라고 어른들 앞에서 담배를 피워요? 술도 돌아앉아서 마셨지 마주 보고 앉아서 대작을 해? 감히 어림도 없지."

"예전 같으면 시골에서는 별다른 법이 필요 없었어요. 마을 어른의 헛기침 한 번이면 다 해결이 되었지. 어디서 술을 마시고 취해서 비틀대고 술주정을 부려요? 남자가 여자를 희롱하고 못된 짓거리라도 하다가는 멍석말이를 당했지."

산책길의 벤치에 앉아서 노인들이 주고받는 대화이다.

신문과 방송 혹은 인터넷 등의 뉴스를 보면 온통 비양심적이고 반인륜적인 사건과 사고들로 얼룩져 있어서 보고 싶은 마음이 없어진다. 외국산 식재료를 국내산으로 속여 팔아서 폭리를 챙기는 것은 예사로 일어나는 행위이며, 국내산 식재료나 음식물도 값비싼 원료에 값싼 원료나 불량품을 섞어서 비싼 원료인 것처럼 속이고 유통기한을 속이거나 바꿔치기하는 것은 다반사가 되었다.

　돈 때문에 부모형제마저도 저버리는가 하면, 자식이 부모를 죽이고, 부모가 자식을 살해했다거나, 거액의 보험금을 노려서 정부(情夫)와 짜고서 남편을 살해하고, 부모에게서 돈을 뜯어내기 위하여 어린이를 유괴하고, 무고한 사람의 목숨을 빼앗는 반인륜적 범죄를 서슴없이 저지르기도 하고, 남의 돈이나 물건을 훔치거나 빼돌리고, 농촌에서 농민이 땀 흘려서 정성 들여 가꾸고 수확한 농산물을 훔쳐가는 파렴치범, 작은 시련에도 이겨내지 못하고 단 하나뿐인 자신의 생명마저도 가볍게 여기는 세대, 국민을 위하여 열심히 일하겠다던 사람들이 자신의 영달이나 치부(致富)를 위하여 뇌물이나 챙기면서 국가와 국민은 생각하지 않거나, 추위에 떨고 더위를 참아내면서 푼푼이 모아서 어렵게 맡긴 돈을 물 쓰듯이 허비하고도 서민들의 꿈과 희망을 짓밟고 그들의 절규는 아랑곳하지 않는 몰염치한 은행이나 기업 경영자와 뇌물을 받고 범죄를 감싸주려 했던 권력자 등 나열하기조차도 부끄러운 뉴스들이 매일 흘러넘친다.

　다른 후보자를 거액으로 매수하여 당선이 되고서 문제가 되자 매수하지 않았다고 우기면서 돈을 준 것은 대가성 없이 도와준 것이라며 소도 웃을 거짓말을 하고, 수신제가치국평천하(修身齊家治國平天下)라 했건만 입후보자의 공천을 대가로 돈을 받고서는 자기가 받은 것이 아니라 부인이 저지른 일이라서 모르는 일이라고 거짓말하고 부인을 감방에 넣어놓고도 자기는 행세를 하고 다니며 제가(齊家)도 못하면서 치국(治國)을 하겠다는 정치가, 모든 일을 집단행동을 하거나 무리를 지어 떼를 쓰고 억지를 부려서 해결하려는 그릇된 사고(思考), 국가 재정은 거덜이 나든 말든 권력만 잡으면 그만이라는 식으로 선심성 공약을 남발함으로써 나라 경제를 파탄지경으로 몰아넣고 국가의 장래마저 위험한 지경으로 이끌어 가는 정치판, 정부의 책임 있는 일을 맡아서 하고서도 그 직위를 이용하여 저지른 잘못을 밝히기 위한 청문회장에 나와 앉은 사람들마다 올바른 도덕성이나 준법정신과는 거리가 멀고 모르쇠로 일관하거나, 재정을 바닥내고 많은 예산을 들여 선거를 치르고 당선이 되었으면서 그 직에 충실하기보다는 임기를 채우지도 않고 더 나은 위치를 향하여 현직을 팽개치고 다른 선거에 뛰어들어 국민의 세금 부담을 가중시키기도 하고, 매관매직을 공공연한 사실로 만들어버리는가 하면, 자신의 인기와 명성을 위해서라면 국익(國益)과 국민의 행복이나 안전과 복리는 안중에도 두지 않는 일부 언론과 편협한 사고를 가진 사상가들, 그들은 이 나라를 어디로 이끌어가려 하는가.

가부장적(家父長的)인 규범과 높은 도덕성까지는 바라지 않더라도 적어도 사람으로서 지켜야 할 기본적인 예의와 규범은 지키도록 가르치는 교육이 무엇보다 필요하다고 생각한다. 아내는 남편을 존경하며 남편은 아내를 사랑하고 웃음과 행복이 넘치는 가정, 자녀는 부모에게 효도하고 형제애가 넘치는 가족, 이웃 간에 존경과 신뢰가 넘치며 안전하고 즐거움이 충만한 사회를 만들고 실천하는 교육이 치열한 생존을 위한 싸움에서 살아남기 위한 경쟁력 위주의 교육보다도 우선이 되어야 한다고 생각한다. 아무리 물질적으로 풍요를 누려도 정신이 건강하지 못하면 행복한 삶을 누릴 수가 없으며 건전한 사회를 이룰 수 없다.

역사가 없는 국가와 민족은 미래를 기약할 수 없으며 뿌리가 없는 나무와 같은 것이다. 따라서 일본의 식민사관에 의하여 의도적으로 왜곡되고 축소되거나 그릇된 사상으로 도배된 역사가 아니라 오랜 전통과 찬란한 문화를 가진 민족의 뿌리를 찾아서 고조선, 고구려와 발해를 건국하고 만주 대륙을 지배했던 힘찬 기상을 지닌 우수한 민족으로서의 올바른 역사관을 심어줄 수 있는 국사 교육으로 국민적 자부심과 민족적 자긍심을 일깨우고 나라 사랑의 정신을 심어야 하며, 윤리와 도덕 교육을 통하여 지키고 누려야 할 인간의 존엄성과 가치 그리고 염치와 도리를 가르치고 몸으로 익혀나갈 수 있도록 하여야 한다.

돈을 많이 벌어서 소득 수준만 높아졌다고 선진국이 되거나 국민 모두가 행복한 나라가 되는 것은 결코 아니다. 사람이 사람답게 살아가는 도리를 알고 부정과 부패를 일소하고 법과 질서를 지키며 양보를 미덕으로 여기는 사회, 어른을 공경하고 재물보다는 윤리와 도덕을 앞세우며 겸손과 염치를 알고 작은 일에 만족하면서 행복감을 느끼는 건강한 삶을 살아가는 사회, 빈부(貧富)나 권력 혹은 미추(美醜)와 장애(障碍) 등에 따른 구속이나 차별이 없는 건강한 사회를 만들어가는 나라야말로 진정한 선진 복지 국가가 아닐까.

# 선거의 계절에

　어떠한 조직이나 단체에서 선거(選擧)를 통하여 지도자를 선출하는 민주주의 사회에서는 크거나 작거나 투표(投票)라는 과정을 접하게 된다.

　과거 전제 군주와 왕조 시대의 그것처럼 세습으로 지도자가 이어지거나 일반 가정에서와 같이 어른이 있고 태생적으로 상하관계가 이루어지는 경우와, 임명이나 계급에 의하여 서열이 정해지는 조직은 그렇지 않으나, 민주적인 절차를 거쳐서 보다 많은 사람들이 선호를 하는 쪽으로 지도자를 뽑아야 하는 조직에서는 직·간접적으로 선거라는 과정을 거치게 된다. 선거를 통하여 대표를 선출하는 일은 좁게는 마을의 이장을 뽑거나 초등학교의 반장을 정하는 선거에서부터 넓게는 국가의 지도자를 선택하는 대통령 선거까지 다양하고 그 방법에 있어서도 직접선거와 간접선거가 있다.

정치인을 뽑는 선거의 계절이 되면 당선이 유리한 정당의 공천을 받기 위한 자기 알리기와 인터넷 등을 이용한 정보의 홍수는 말할 것도 없고, SNS(Social Network Service) 등을 통한 홍보 과잉으로 유권자를 짜증나게 하는 일이 많다. 공천을 받게 되는 경우와는 달리 공천에서 배제를 당하면 자기를 선택하여주지 않은 정당에 등을 돌리고 적이 되어 볼썽사나운 행위를 하는 사람이 있는가 하면, 정당의 공천을 받았거나 무소속이거나를 불문하고 후보자 진영에서는 동일한 복장에 어깨띠를 두르고 길목마다 무리를 지어서 현란한 몸동작으로 지나가는 사람들을 향하여 손을 흔들고 소리를 질러서 시선을 끌며 후보자를 알리고 인지도를 높이기 위하여 선전하는 차량이 거리를 누빈다. 시끄럽게 외쳐대는 확성기의 소음은 말할 것도 없고 거리마다 나붙은 현수막과 벽면을 도배한 포스터, 행인에게 내미는 명함들은 공해 수준에 이르고 각종 신간(新刊) 자서전들이 쏟아져 나온다.

후보자들마다 자신을 알리는 한편으로는 선거를 치러내기 위한 비용을 마련하는 수단으로 경쟁이라도 하듯이 출판기념회라는 명분으로 세를 과시하기에 열을 올린다. 책의 내용은 후보자 자신의 업적이나 살아온 과정들을 과대포장하거나 미화하는 수준이 전부이긴 하지만 그래도 그 정도의 글재주라면 베스트셀러(bestseller) 작가라도 꿈꾸어볼 만하다.

선거 운동에 들어가면 상대 후보자를 깎아내리거나 흠집 내기는 기본이고, 갖가지 유언비어와 권모술수, 고소와 고발 등으로 정신이 없을 정도이다. 하지만 막상 선거가 끝나면 마치 사나운 태풍이 지나간 뒤에 커다란 상처를 남겼음에도 불구하고 비 온 뒤 하늘이 언제 그런 일이 있기라도 하였더냐는 듯이 쾌청해지듯이 일시에 선거로 인한 소음과 잡음들이 사라지고 각종 의혹들은 '아니면 말고'라는 식으로 꼬리를 감추어버린다.

선거 기간 동안 벌어진 편 가르기는 크고 작은 상처를 남기고, 후유증으로 법정을 드나들게 되기도 한다. 태풍이 휩쓸고 지나간 흔적들이 복구가 되듯이 시간이 흐르면 선거에 관여하였던 일반 사람들의 후유증들은 쉽게 치유가 되지만 선거에서 이기기 위하여 저질러진 각종 권모술수는 그 부작용으로 직접 참여하였던 당사자는 물론 그의 가족을 포함한 주위 사람들에게 씻어내기 어려운 커다란 상처를 남길 수 있다는 것을 후보자와 그 지지자들이 모르지는 않을 것이다.

다른 한편으로는 실행 가능성이나 국가 재정 조달 여부

와는 상관없이 온갖 무지갯빛 선심성 공약들이 아무런 여과 과정 없이 흘러넘치고, 돈의 향연이 난무하는가 하면 부정과 부패가 소리 없이 꿈틀대며 인물이나 정책의 대결보다는 이념과 지연, 혈연, 학연, 종교 등이 우선적으로 강조되고 동원되어 유권자의 판단 기준을 조종하기도 하고, 통신 기술의 급격한 발달과 더불어 TV, 라디오와 같은 공중 매체에 더하여 인터넷과 휴대전화기의 위력이 후보자의 당락을 좌우할 정도로 영향력을 행사함으로써 각종 근거 없는 의혹과 소문들이 유권자들의 판단을 흐리게 만든다.

국가와 국민을 위하여 열심히 일하겠다는 사람들, 자기의 지역과 학교나 조합 혹은 단체나 조직을 위하여 일하겠다는 능력 있고 선량한 일꾼들이 목에 핏대를 올리며 유권자들을 향하여 머리를 조아리고 허리를 굽힌다. 계 모임, 동창 모임, 향우 모임 등 각종 모임에 참여하기도 하고 정신없이 쫓아다니기에 체력이 바닥날 정도다. 평소에는 그렇게 가까이 지내지 않았던 사이였음에도 아주 친밀한 관계였던 것처럼 유권자의 곁으로 다가온다.

이와는 다르게 평소에는 조용하게 지내다가도 선거철만 되면 철새처럼 어김없이 나타나는 직업 선거꾼(?)이 있는가 하면, 평생을 생계를 꾸리고 가족을 부양하기 위하여 땀 흘려가며 일을 해본 적도 없이 오로지 선거만을 위하여 내달리는 사람도 있다. 마치 도박판에서 적은 돈을 몇 차례 잃어도 크게 한 번 올리면 된다는 노름꾼처럼 오로지 선거에만 모든 것을 걸기도 하고, 수차례 출마를 했다가 낙선하는 것을 안타깝게 여기는 유권자의 동정심으로 표심을 끌어보자는 심리전 등도 작용을 한다. 그렇게 해서 당선이 되는 사례도 드물게 일어났다. 능력이나 재정의 한계를 벗어나 지키지도 못할 공약들을 남발하여 당선이 되고 나면 무리한 공약을 억지로 이루어내려고 하며, 국가나 조직의 경영보다는 개인의 치부와 권세에 더 많은 열정을 기울임으로써 뇌물이 오가고 갖은 부정과 부패가 만연하게 되기도 한다.

올바른 지도자라면 보다 열심히 공부하여 도덕적인 자질을 먼저 다져야 하고, 아울러 열심히 노력하고 일하여 정당한 방법으로 가정 경제부터 올바르게 꾸릴 수 있어야 비로소 참된 자질을 갖추고 조직을 제대로 이끌어 나갈 수 있는 능력을 갖추게 되는 것이 아닐까. 현명한 유권자라면 동정심이나 측은지심(惻隱之心) 혹은 친밀감이나 동질성 등으로 지도자를 선택함으로써 자기의 권리나 복지뿐 아니라 국가와 조직의 미래를 맡겨서는 안 된다. 혈연(血

緣), 지연(地緣), 학연(學緣) 동정심(同情心)이나 특정한 정당이나 사상(思想), 각종 달콤한 미사여구 등에 현혹되고 이끌리거나 심리적인 선동(煽動)과 이루어내기 어려운 허황된 공약, 금품이나 물질적인 유혹 등에 흔들려서 귀중한 자신의 표를 가볍게 던지고 소중한 참정권을 부정하게 행사함으로써 국가나 조직의 근간을 흔들고 파산으로 몰아가는 어리석음을 저질러서는 안 될 것이다. 순간의 선택에 따라 유권자 자신은 말할 것도 없고 자녀와 후손의 행복과 불행을 결정할 수 있기 때문이다.

유권자 개인의 판단에 의하여 국가나 자치단체 혹은 소속된 집단의 경영이 좌우되는 귀중한 권리를 소중하게 행사함으로써 주위의 선동이나 홍보에 좌우되지 않은 올바른 판단으로 능력 있고 정직하며 부정부패와는 거리가 먼 소신(所信)을 가진 참신하고 능력 있는 일꾼을 가려서 살림을 맡겨야 한다. 잘못된 선택으로 지도자를 뽑게 되면 일꾼이 아니라 상전으로 군림하여 그의 임기 동안은 말할 것도 없고, 더 먼 미래까지도 고통을 받게 되고 국력이나 조직이 쇠퇴의 늪으로 빠져들 수 있기 때문이다.


자동차를 운전하는 운전사, 기차를 조종하는 기관사, 배를 운항하는 선장 그리고 비행기 조종사 등을 생각해보자.

만약에 그 사람들이 정신 상태가 올바르지 못하다면 어떤 일이 벌어질까?. 우리가 뽑는 지도자는 그 조직을 운전하고 조종을 하는 사람과 같다. 그들이 정신과 건강 상태가 온전하지 못하고 약물이나 술에 취하여 다른 생각을 하거나 졸음운전을 하게 된다면 그 조직은 되돌리기 어려운 일을 당하거나 죽음의 나락으로 떨어지고 말 것이다.

정치 지도자와 공무원이 부정한 나라는 마치 병든 육신과 같아서 국민이 고통과 어려움을 겪게 되고 국력도 약해지게 되어 다른 나라의 침략이나 지배를 받게 되는 위험한 지경으로 몰릴 수도 있다. 일반 조직도 잘못된 지도자가 경영하는 집단은 쉽게 와해되어버리거나 오래 지속되지 못한다는 것을 인류의 오랜 역사가 증명해주고 있다.

당선자는 초심을 잃어서는 안 될 것이다. 후보자 시절에 유권자와 약속하고 내보였던 마음과 자세를 그대로 지켜야 한다. 유권자를 기만하고 유권자 위에 군림하려 하거나 사리사욕(私利私慾)만을 채우려 해서는 안 된다. 유권자의 복리나 국가의 이익보다는 당리당략(黨利黨略)을 우선시하거나 권력 쟁취를 위한 상대방 흠집 내기로 볼썽사나운 모습만 보이는 정치인들의 행태는 국민의 행복 추구를 위한 국가 경영에 도움이 되지 않을 뿐만 아니라 국민을 불행으로 몰아갈 수 있기 때문에 유권자들의 비난과 외면을 받아 마땅하다.

　우리나라의 유권자들이 점차 정치에 염증을 느끼고 투표에 무관심해지는 경향이 있는 것도 TV만 켜면 국회의사당에서 조폭들의 세력 다툼 마당을 연상케 하는 폭력과 막말이 난무하는가 하면 자신의 과오는 모르쇠로 일관하고 국가와 국민을 위한다기보다는 권력 쟁취에 혈안이 되어 자기네 편이 아니면 무조건 반대하고 상대방 흠집 내기에 목소리를 높이거나 사람들을 선동하며 크고 작은 각종 비리에 빠지지 않고 등장하는 정치인들의 추태가 한몫을 한 것은 아닐는지 심각하게 되돌아보아야 할 것이다.

　선거 운동을 할 때에는 온순하고 겸손하며 능력이 있을 것 같았던 인물이 당선만 되고 나면 시정잡배처럼 함부로 행동하는 모습을 볼 때 그를 믿고 귀중한 표를 찍어준 유권자이 느낄 실망감을 그들이 생각해보기나 하였을까. 폭력과 고성(高聲)이 난무하고 말 바꾸기로 국민을 우롱하고서도 부끄러움조차 느끼지 않는 사람을 믿고 일꾼으로 뽑아준 사람들의 심정을 그들은 어떻게 이해하고 있을까? 선거에 의하여 조직을 이끌어 나가는 수많은 단체의 장들이 그 자리를 이용하여 자기 사람 심기와 매직(賣職)을 일삼고 자기 직위를 치부의 수단으로 삼거나 비자금을 조성하 것과 같은 부끄러운 행동들이 뉴스의 메뉴로 등장할 때마다 그를 믿고 표를 찍어준 사람들의 심정은 어떠할까?

개인의 이해득실이나 자리의 연장만을 생각하지 말고 국가를 위하여 일하라고 선택된 지도자는 국가와 국민을 우선으로 생각하고, 지방자치단체를 대표하여 일하라고 선택된 사람들은 지방정부를 위하여, 협동조합이나 기업 혹은 크고 작은 조직의 대표들도 모두가 그 목적에 합당한 일을 해주었으면 좋겠다.

국회의사당 정문에 크게 새겨진 표식과 국회의원들이 달고 다니는 배지(badge)는 잎이 다섯 개인 무궁화 꽃과 나라 국 자를 상징하는 도안이라고 하는데 나라를 위하여 열심히 일하겠다는 의미일 것이다. 그렇다면 굳이 한자인 '國' 자를 쓰지 말고 한글을 새기면 어떨까. 다른 나라를 위하여 일하는 국회의원이 아니라 대한민국을 위하여 일하는 국회라면 말이다. 지방자치단체의 의원들이 달고 다니는 배지도 무궁화 꽃 도안의 내부에 '議' 자를 새긴 것으로 알고 있는데 이것도 한글로 고쳤으면 좋겠다.

훈민정음이 반포(頒布: 1446.10.09. 조선 세종 28년)된 지 500년이 넘는 세월이 흘렀어도 우리글 하나 제대로 표시하지 못하는 의원님들, 국민의 혈세(血稅)를 들여서 만든 남의 나라 글자를 새긴 배지를 달고서 권위를 내세우지 않더라도 국가와 국민을 위하여 능력껏 일을 할 수 있기 때문이다.

마치 권위의 상징처럼 달고 다니는 배지는 떼어내고 행사장 같은 곳에 참석을 하더라도 자리다툼을 하거나 생색을 내거나 위상을 세우려 하지 말고 열심히 일하는 사람으로서 유권자의 곁으로 다가서야 한다. 그렇게 해서 국민들이 정치인을 비롯하여 각종 조직의 대표를 존경하고 신뢰하는 그런 풍토가 조성되어야 진정한 선진 사회가 되리라 생각한다.


조선 시대 통치자나 관리들은 옷깃에 다는 배지가 아닌 익선관(翼蟬冠)을 머리에 쓰고 국무를 보았다고 한다. 익선관은 매미 같은 형태의 모자로 임금이 쓰는 관(冠)에는 한 쌍의 매미 날개가 위를 향해 있고 신하들이 쓰는 관에는 양옆으로 뻗어 있다.

익선관에는 어떤 의미가 담겨 있을까? 그것은 매미가 상징하는 다섯 가지 덕(文, 淸, 濂, 儉, 信)을 잊지 말라는 뜻으로 매미의 입이 곧게 뻗은 것은 마치 선비(文)의 갓끈이 늘어진 것을 연상케 하므로 배우고 익혀 선정(善政)을 베풀라는 의미이고, 이슬이나 나무의 진을 먹고 사니 맑음

(淸)이요, 농부가 가꾼 곡식과 채소를 해치지 않으니 염치(廉恥)가 있고, 집이 없으니 검소(儉素)하고, 늦가을이 되면 때를 맞추어 죽으니 신의(信義)가 있다는 점을 배우고 행하라는 의미를 담고 있다고 한다.

국가에서 주는 급료를 받고 나라와 국민을 위하여 일하는 모든 공직자들이 되새겨보아야 할 것이다. 남들이 땀흘리며 열심히 일할 때 시원한 나무 그늘에서 배짱이나 매미처럼 노래하며 놀거나 즐기라는 의미가 결코 아니다. '배는 물 덕분에 나아가기도 하고, 물 때문에 전복되기도 한다. 백성은 물과 같아서 임금을 받들기도 하지만, 나라를 엎어버리기도 한다'고 한 남명 조식 선생의 말씀을 되새겨보아야 할 것이다.

# 운전을 하려는 사람들

　망치로 머리를 때리면 들어갔다가 조금 있으면 튀어나오는 두더지게임에서처럼 지도자를 선택하는 크고 작은 선거 때마다 어김없이 등장하는 고질적인 병이 있다. 특히 국가 운영에 절대적인 영향을 미치는 국가 지도자를 선출하는 경우에 정확한 표현이라고 할 수 있을지는 모르겠지만 일반적으로 말하는 보수와 진보, 우익과 좌익으로 나누어지고, 나이 든 사람과 젊은이들의 세대 간 살아온 경험과 세상을 보는 안목의 차이에 따른 생각의 차이가 드러난다. 많이 가진 자는 더욱 많이 가지려 하거나 그 가진 것을 지키려 하며, 적게 가진 자는 보다 많이 가지려 하거나 많이 가진 자에 대한 질투 섞인 저항심과 반발심을 느껴 기득권과 비기득권의 대립과 갈등이 심화되어 지키려는 자와 빼앗으려는 자의 투쟁이 빚어지기도 한다. 당선에 혈안이 된 출마자들이 '아니 땐 굴뚝에 연기 나겠느냐'는 심리를 이용해 던진 상대방에 대한 '아니면 말고' 식의 온갖 흑색선전(黑色宣傳, matador)과 막말 등이 어우러지고 뒤엉킨다. 결국 '민주주의의 꽃'이라 불리는 선거가 유권자들 사이에 편을 갈라 감정의 골을 파고 분열을 조장함으로써 아무런 소득도 없이 깊은 상처를 남기게 만든다.

이러한 대립과 갈등은 권력을 쟁취함으로써 얻을 반사이익을 기대하는 측에서 유권자의 심리를 자극하고 보다 많은 지지층을 확보하기 위해 생산하고 유포하는 일련의 과정을 통하여 살이 붙어서 걷잡을 수 없이 불어난다. 지역·종교·이념·세대·인맥·학맥 등의 온갖 수단들이 동원되어 일어나는 수많은 대립은 결과적으로 국력을 약화시키고 사회적인 갈등과 분열을 조장함으로써 국민 모두의 삶의 질을 저하시키는 요인이 된다.

그럼에도 당선으로 권력을 쥐게 된 일부의 사람들을 제외하고는 직접적인 이익을 기대할 수 없음에도 불구하고 자신이 지지하는 사람과 그렇지 않은 사람의 당락에 따라서 환호하고 흥분하며 격한 반응을 보이거나 기대와 우려를 나타내기도 하는 것이 유권자들의 일반적인 심리다.

후보자들의 공약을 들여다보면 실현 가능성이 낮거나 약속을 지키기 위하여 무리하게 추진을 하게 되더라도 많은 재정이 소요되는 데 따르는 국민의 조세 부담이나 부채로 인한 위험과 고통은 고려하지 않은 채 오로지 당선이 되어 권력만 쟁취하게 되면 그만이라는 전략으로 도배가 되어있다. 막상 그들이 당선되어 권좌를 차지하면 유권자들의 행복이나 복리는 안중에 두지 않은 채 엽관주의(spoils system, 獵官主意)로 일관하여 가까운 자들끼리 권력을 배분하고 사리사욕을 챙김으로써 국가와 지방자치단체의 재정은 파탄이 나도 '내 임기 중에만 무슨 일이 생기지 않으면 다음 사람이야 어떻게 되든 알 바 아니'라는 식으로 공약을 밀어붙여서 이권을 개입시키고 장기적으로는 국력을 약화시킴으로써 국민들을 고난 속으로 몰아넣는다.

달콤한 설탕에 맛을 들이면 쓰디쓴 소태의 맛을 싫어하듯이 국가와 지방 재정이 파탄나면 그것은 곧 자신의 살림이 바닥나고 더 큰 어려움을 당하게 되는 것임에도 불구하고 유권자들은 뒷일은 걱정하지 않은 채 듣기 좋은 감언이설(甘言利說)과 선심성 공약(公約)을 내세우며 편 가르기와 흑색선전을 잘하는 후보자의 무지갯빛 공약(空約)에 현혹되어 권력의 칼자루를 쥐여줌으로써 뒤늦게 후회를 하더라도 그 임기 중에는 돌이키기 어렵게 되어 고통을 감내할 수밖에 없게 된다. 일시적인 감정이나 분위기에 편성되거나 인정에 끌려서 선택을 하기보다는 신중하게 판단하고 자신에게 주어진 소중한 권리를 올바르게 행사여야 모두의 안전과 행복을 지킬 수 있다.

　이러한 일들이 4~5년을 주기로 국가와 지방자치단체의 지도자를 뽑는 선거를 치르면서 반복적으로 일어나는데 지도자를 잘못 선택하게 됨으로써 따르는 후유증은 결과적으로 유권자가 부담하여야 될 몫이다.

　지나친 인기 영합과 공약 이행에 치우치다 보면 수입은 부족한데 부풀려놓은 사업들을 실천하기 위하여 빚을 내어 무리하게 추진하는 것은 말할 것도 없고 각종 이권마저 챙기다 보니 자연히 부채가 늘어나 재정이 열악해지게 되어 산업 기반은 무너지고 국론이 분열되어서 국민들이 화합하고 단결하지 못하여 살림살이가 곤란해지고 국가의 신용도가 낮아짐으로써 경쟁력이 약화되어 무역은 어려워지고 국방마저 소홀히 함으로써 국력이 약해질 수밖에 없으며 결과적으로 약소국으로 전락하게 되어 다른 나라의 지배를 받게 되는 최악의 상황까지도 부정할 수 없는 형편에 처해지게 되는 것은 오랜 인류의 역사가 증명을 해주고 있다.

　후보자들이 내세우는 선동의 말들을 주의 깊게 들여다 보면 자신의 허물은 덮어둔 채로 상대방의 약점을 잡아서

파헤치고 상처를 내어 재기 불능의 상태로 만들어버리는 것은 기본이며 열심히 땀을 흘리며 일하는 사람보다는 수적으로 우세에 있으면서 일하지 않고 놀고먹거나 열심히 일을 하는데도 수입에 만족을 하지 못하고 상대적 빈곤감으로 불만이 많은 사람들의 심리를 자극함으로써 보다 많은 표를 얻기 위하여 자신만이 그들에게 만족한 삶을 제공할 수 있을 것처럼 화려하게 포장을 하거나 머리를 싸매고 기업을 경영하여 치열한 경쟁에서 살아남아 많은 사람들의 일자리를 만들고 국부(國富)의 창출에 기여한 대가로 경제적으로 여유를 가진 기업 경영자를 적대시하여 대리만족을 느끼게 함으로써 표심을 유혹하기도 한다.

수단이나 방법에 있어서도 처세에 능한 인물이나 상대 측에 대하여 불만이 많은 세력들을 동원하거나 자신에게 도움이 되는 특정인을 끌어들여 보다 유리한 상황과 사건들을 만들어 신문과 방송 등의 대중 매체는 말할 것도 없고 인터넷과 전화 등 첨단의 장비와 기법까지 동원하여 빠르게 확산시킨다.


분명한 것은 유권자들은 그들 위에 군림하면서 권력과 권위를 누리고자 하는 자를 뽑은 것이 아니라 국가나 지방자치단체라는 조직에 탑승을 한 모두의 행복과 안녕을 책임지고 보다 나은 이상을 향하여 나아갈 수 있는 선장이나 운전사, 기관사, 조종사와 같은 역할을 할 수 있는 사람을 선택하여 잠시 운전석을 맡겼다는 것이다.

선택을 받아 선장으로 선출이 된 자는 역사라는 바다 위에 국가라는 배를 이끌고 항해를 하다 보면 세찬 비바람과 성난 파도가 거칠게 몰아치는 위험한 순간도 헤치고 나가야 하며 짙은 안개와 눈보라 속을 헤치고 가야 하고, 해적을 만나거나 암초에 가로막히기도 하며 다른 배들과 경쟁을 하기도 하고, 기기(器機)의 이상이나 고장 혹은 승객의 이상 행동 같은 수없이 많은 어려움을 겪기도 하면서 고난을 극복하고 승객인 수많은 유권자가 바라는 행복으로 나아가야 한다.

따라서 승객 모두가 희망하는 곳까지 보다 안전하게 다가갈 수 있도록 하는 일을 돕고 안내해줄 참모를 선택하여 도움을 받게 되며, 비록 승객일지라도 전체의 안전을 위태롭게 하는 자는 가려내어 제재를 가하거나 격리를 시키기도 하는 것이다. 그러므로 운전을 하는 사람의 정신이 올바르지 못하거나 운전자를 돕는 참모들이 바르지 못하면 승객인 국민들은 안전하고 행복한 삶을 살아갈 수 없고 위험에 처하게 되어 어려움을 당하거나 자유를 빼앗기기도 하고 목숨마저 잃게 된다.

아울러 운전자로 선택을 받지 못한 쪽에서도 항해를 방해하거나 어렵게 하여 모두를 힘들게 만들어서는 안 된다. 배가 안전하게 나아갈 수 있도록 운전자를 도와주고 길을 잘못 들면 바로 갈 수 있도록 협조하여 승객을 보살피고 행복한 여정(旅程)을 만들어 승객들의 마음을 얻어야 이후에라도 운전석에 앉을 수가 있다. 승객의 안전은 안중에도 없이 자리 다툼만 일삼다가 잘못되어 배나 비행기, 기차, 자동차가 전복이 되거나 추락하고 침몰이 되어버린다면 싸움에서 이기더라도 차지할 자리가 없어지는 것은 물론 자신들의 안전마저도 보장할 수 없다. 국가가 약해져서 다른 나라의 침략을 받게 되거나 망하여 다른 나라의 지배를 받게 된다면 다음 기회가 없어지는 것은 말할 것도 없고 망해버린 나라의 국민이 받는 고통은 누가 책임질 것인가. 그보다, 안전 운행을 하지 못하도록 훼방을 놓아 모두를 불안하게 하는 사람들에게 누가 운전석을 맡기려고 하겠는가?

# 주석삼불(酒席三不)

술자리에서 하지 말아야 할 것이 세 가지가 있는데 그것은 다른 사람에 대한 말과 정치 이야기, 그리고 돈 빌려달라는 이야기라고 한다.

술은 기분이 좋아서, 기분이 나빠서, 즐겁고 좋은 일이 있어서, 괴로워서, 슬프거나 좋지 않은 일이 있어서, 삶에 지쳐서, 일을 시작한다고, 일을 마무리 짓는다고, 어쩔 수 없이 억지로… 이런저런 이유로 마시게 되는데 혼자서 즐기는 경우도 있지만 여러 사람들과 어울려서 마시는 경우도 있다.

술을 마시고 나면 흥겨워서 노래하고 춤추는 사람, 웃는 사람, 우는 사람, 조용하게 즐기는 사람이 있는가 하면 시끄럽게 떠드는 사람, 신세 타령을 하는 사람, 다른 사람에게 말할 기회를 주지 않고 자기주장만 내세우는 사람, 폭력적으로 변하는 사람 등 그 반응들도 사람마다 제각기 다르다.

　여러 사람이 어울려서 술을 마시다 보면 자연스럽게 세상 사는 이야기가 나오고 칭찬이나 불평과 불만은 말할 것도 없고 평소에 품고 있던 생각과 살아가는 모습들이 그 속에서 오고 간다. 비록 처음 만나는 사이일지라도 쉽게 대화가 이루어지거나 소통의 폭이 넓어지게 되는 것이 술자리의 매력이다.

　과거 힘들게 농사일을 하던 농부가 목을 축이면서 고픈 배도 채울 겸 새참으로 들이켜는 한 사발의 막걸리를 농주(農酒)라 하였다. 일의 능률을 올리는 것은 말할 것도 없고 땀 흘리며 일하다 보면 갈증이 나게 마련인데 컬컬한 목구멍을 적시며 넘어가는 그 기분과 술맛이야 '캬' 하고 뱉어내는 한마디의 감탄사와 더불어 세상의 어떤 값비싼 술이나 금준미주(金樽美酒)와도 비교할 바가 아니었을 것이다.

　힘든 일을 하는 노동자들이 일터에서 하루의 일과를 마치고 흘러내리는 땀을 닦으며 들이켜는 한잔의 술, 직장 생활을 하는 사람들이 퇴근길에 지글지글 익어가는 고기를 안주 삼아 마시는 술을 비롯하여 적당하게 마시는 술은 하루의 피로를 풀어주고 동료들 간의 결속력을 다지는 역할만이 아니라 기분마저 좋아지게 만드는 촉매제가 되기도 한다.

　혼자서 마시는 술은 왠지 맛이나 흥이 나지 않고 여럿이 어울려서 이런저런 이야기를 주고받으며 마시는 술이라야 제대로 맛이 나는 것도 술이 가진 또 다른 묘미(妙味)다. 하지만 여러 사람이 어울려서 자리를 하다 보면 적당한 양의 술을 마셨을 때는 이야기가 건전하고 서로 대화를 절제할 줄 알고 이성적이며 예의를 지키지만, 마시는 양이 일정한 수준을 넘어서게 되면 자연히 말이 많아지고 호기를 부리게 되는 것이 술이 가진 마력(魔力)이다. 처음에는 사람이 술을 마시지만 정도가 지나치다 보면 술이 사람을 마시게 되어 실수를 저지르게 되는 것은 말할 것도 없고 건강마저 해치게 되는 것이 술이 가진 또 다른 얼굴이다.

　술자리에 앉게 되면 자연스럽게 많은 이야기들이 오고 가게 된다. 생활 주변의 이야기에서부터 보다 폭넓은 화제에 이르기도 하며 직장 상사나 마음에 들지 않는 사람을 들추어서 안주 삼기도 하고 온갖 권모술수(權謀術數)와 세상살이가 있으며 낭만과 예술, 문학과 역사가 양념이 되기도 하고 축구나 야구 경기 같은 스포츠, 연예 뉴스, 풍자와 해학이 난무하고 세상 사는 이야기에서부터 세계 정세는 말할 것도 없고 다양한 사건과 사고가 나름대로의 견해를 붙여서 대화의 소재로 오르내리기도 한다.

술자리를 하다 보면 자연스럽게 그 자리에 없는 친구나 다른 사람의 이야기가 나오게 되고 나름대로의 목적이나 판단에 따라 더하기도 하고 빼기도 하면서 이야기의 주체가 되는 사람을 안줏거리로 삼게 되는 것이 일반적이다. 그러나 상대를 칭찬하거나 좋게 이야기하기보다 나쁘게 말하는 쪽이 더 많은 것이 술자리 대화의 속성이다. 거론의 대상이 되는 사람이 아주 훌륭하고 이런저런 좋은 점을 가졌다거나 하는 칭찬을 한다면 많이 할수록 좋겠으나 대부분의 경우는 좋지 않게 말하거나 나름대로의 판단이나 의도에 따라 나쁘고 무능한 사람으로 만들어버리는 것이 문제다. 그런데 묘한 것은 술기운을 빌려서 정신없이 깎아내린 그 사람에게 모든 내용이 전달이 되어 부메랑으로 자신에게로 돌아온다는 것을 알아야 한다. 비록 자신은 나쁘게 보고 있지만 이야기를 듣는 상대는 그렇지 않거나 혹은 더 큰 이해가 상대방 쪽에 있을 수 있으며, 어떤 이야기를 들으면 그것을 또 다른 사람에게 옮기고 싶은 것이 사람의 마음이어서 무심코 한 말이 돌고 돌아서 부풀려지기도 하고 과장이 되어서 당사자에게 전달이 되기 때문이다.

술자리에서 정치 이야기만큼 헛되고 공허한 것도 없다. 현실 정치에 나름대로의 평가와 비평을 하고 불평과 불만을 말하거나 정치가들을 술판에 올려놓고 안줏거리로 삼기도 하지만 메아리 없는 흰소리에 불과하다. 술에서 깨고 나면 머리가 아프고 속만 쓰릴 뿐이지 아무것도 달라지거나 변하는 것은 없다. 오히려 잘못 전달되고 부풀려져서 나쁜 결과를 가지고 되돌아오는 경우마저 있다.

술좌석에 앉아서 사업 이야기 하지 마라. 술에서 깨고 나면 없었던 것으로 되고 마는 것이 돈 이야기와 사업 이야기다. "돈이 필요한데 빌려주십시오." "그래 걱정 마라, 내가 책임지고 내일 당장 해결해주지." "이번에 공사 한 건 주십시오." "그래, 염려하지 마라. 팍팍 밀어주지." 술김에 약속은 잘 하지만 어디까지나 취한 김에 한 술주정일 뿐 술에서 깨어나면 언제 그런 일이 있었느냐는 듯이 잊혀버리거나, 성사가 되었다고 하더라도 서로가 부담스럽고 위험이 따르게 되며, 다음에는 경계를 하거나 만나기 싫어하는 사람으로 분류될 수도 있다. 술자리는 술자리일 뿐 사업 이야기나 돈 문제는 후일로 미루어두어야 한다.


술을 마시게 되면 평소에 없었던 호기를 부리고 큰소리치거나 겁이 없이 과잉 행동을 하는 것이 일반적인 행태이며 자주 마시다 보면 중독이 되어 더 많은 술을 마시게 되어 인격적으로 추해지거나 건강을 잃게 되고 술에 취해 정

신없이 내뱉은 말이 화근이 되어 재앙으로 되돌아오기도
한다.

　적당히 마시면 초면인 사람을 친하게 만들고 서먹하거
나 거리가 멀었던 사람을 가깝게도 하지만 다른 면으로는
가까운 사람을 멀어지게도 만드는 것이 술이 가진 야누스
(Janus)의 얼굴과 같은 것이다. 아무리 허물없이 가까이
지내던 사람이라 할지라도 술자리만 가지면 기분을 상하
게 하거나 부담스럽게 한다면 남들이 가급적이면 자리를
피하고 거리를 두려 하며 좋아할 수가 없게 된다.

　술 취한 김에 하는 '계급장 떼고 하자'는 말도 그대로를
믿어서는 안 된다. 계급으로 계층이 이루어진 조직에서는
사람은 술에 취해도 계급장은 술에 취하지 않는다는 것을
염두에 두어야 한다.

　술은 잘 마시면 백약 가운데 으뜸이며 인간관계에서 소
통을 쉽게 이루어주는 매개체로서의 역할을 하지만 잘못
된 음주 습관은 가까운 사람을 멀어지게 하고 자칫 멀쩡한
사람을 폐인으로 만들거나 목숨마저 조기에 앗아갈 수 있
으므로 적절한 음주 습관이 필요하며, 이를 위하여 대단한
절제력이 필요하다. 따라서 술은 적당하게 마시는 습관이
필요하고 술에 취하여 필요 없는 말을 많이 하거나 난폭하
고 이상한 행동을 함으로써 후회하는 일이 생기지 않도록

조심을 하여야 할 것이다.

술 속에 있던 알코올이 위와 장을 통해 흡수되어 간으로 옮겨지면 간세포 속에 있는 알코올 탈수소 효소(ADH, alcohol dehydrogenase)가 알코올을 분해하여 독성 물질인 아세트알데히드(acetaldehyde)를 만들고 다시 아세트알데히드 분해 효소(ALDH, aldehyde dehydrogenase)에 의하여 아세트산과 물로 분해되어 소변으로 배설이 되는데, 술을 마신 다음 날 몸이 불편한 숙취는 아세트알데히드가 제대로 분해되지 않았기 때문이라고 한다.

술에 취하면 일어나는 행동 변화는 뇌가 알코올에 의해 교란되기 때문으로 체내에 흡수된 알코올이 간의 처리 한계를 넘어서게 되면 미처 처리되지 못한 알코올은 혈류를 타고 온몸으로 퍼지고, 그중 일부가 뇌로 가서 뇌신경 세포의 신경 전달 물질에 영향을 미치게 되는데, 뇌에는 알코올 분해 효소가 존재하지만 분해 속도보다 술을 마시는 속도가 빠르거나 한계를 넘어서면 영향을 받을 수밖에 없다. 정상적인 경우에는 신경 세포에서 다양한 화학 물질을 분비하여 적절한 조절로 인접한 세포에 정확하고 정교하게 정보를 전달함으로써 활성을 변화시킨다. 그런데 술의 주성분인 에탄올은 흥분성 신경 전달 물질인 글루타메

이트(glutamate)에 대해서는 이를 억제시키는 길항제로 작용하고, GABA(gamma-aminobutyric acid. 포유류의 중추 신경계에 작용하는 신경 전달 억제 물질)에 대해서는 이와 비슷한 작용을 하는 효현제(교감 신경계의 수용체에 작용하는 약물)로 기능을 한다.

뇌로 간 알코올은 감정을 조절하는 중추 신경에 영향을 미쳐 지나치게 감정적으로 만들기도 하고 몸의 운동을 조절하는 소뇌로 흡수된 알코올은 몸을 비틀거리게 하고 똑바로 걷지 못하게 하며 기억과 관련이 깊은 해마에 침투한 알코올은 술 마신 다음 날 자신이 무슨 일을 저질렀는지 전혀 기억하지 못하는 단기 기억 상실증을 일으킬 수도 있는데 이러한 과정을 계속 반복하다 보면 신경세포가 완전히 손상되어서 술을 마시지 않아도 기억이 끊기는 코르사코프 증후군(Korsakov's syndrome. 기억력의 장애, 시간적·공간적인 짐작이 곤란한 짐작의식의 장애, 건망·작어증作語症 등의 여러 증세를 나타내는 증후군)에 걸릴 수 있고 알코올이 호흡 중추까지 침범하는 경우에는 목숨을 잃을 수도 있다.

# 똥물에서 최루탄까지

1966년 9월 22일 무소속의 김두한 의원이 삼성그룹 계열사인 한국비료공업의 사카린 밀수 사건관련 대정부질문을 하는 가운데 <sup>※</sup>똥물을 투척한 것에서 2011년 11월 22일 한·미 FTA 비준에 항의하는 민주노동당 소속 김선동 의원의 최루 가스 살포까지, 이것이 '대한민국 국회'의 모습이다. 아마도 일반인이 그러한 행동을 하였다면 테러나 폭력 등의 죄로 감옥에 갔을 것이지만 국회의원이란 신분이기에 오히려 더 큰소리치고 영웅인 체를 한다.

방송망을 타고 국민들에게 보여지는 국회는 차분하게 민생을 고민하거나 국가 발전과 국민의 행복한 미래를 설계하고 꾸려나가는 아름다운 모습이 아니라 고성(高聲)과 막말이 난무하는가 하면 멱살잡이와 밀치기는 예사이고 마치 조직폭력배들이 패싸움이라도 하는 것 같은 집단 행동과 공중부양에 가까운 난투극의 연출은 말할 것도 없고, 걸어 잠근 문을 열기 위하여 해머(hammer)와 각종 도구들이 동원되기도 하며 서로를 비난하고 다투는 광경들이 다반사(茶飯事)로 비쳐진다. 대정부질문을 핑계로 바쁜 기업가와 공무원들을 불러서 장시간 대기를 시키거나 수치감을 주기도 하며, 당리당략에 따라 시급하게 처리하여야 할 각종 법안들의 발목을 잡아 지연시키는 것은 말할 것도 없고 국가의 발전이나 번영보다는 선거를 의식하여 자기네 지역구 챙기기와 상대 정당 흠집 내기에 급급하는 일들이 다반사로 행하여지는 것이 우리나라 국회의 얼굴이다.

일부이긴 하지만 정치를 하는 사람들이 각종 비리 등에 연루되어 자기에게 불리한 환경이 되면 은퇴를 선언하였다가 시간이 지나서 유리한 조건이 되었다 싶으면 정치 마당으로 다시 나온다. 법망을 벗어나기 위한 수단으로 휠체어를 타고 금방이라도 목숨이 다하고 폐인이라도 될 것 같은 자세로 감옥을 나왔으나 일정한 시간이 지나면 '국민이 원하기 때문에'라는 구차한 이유를 대기도 하면서 언제 그런 일이 있었느냐는 듯이 건강하게 활동을 계속해 나가는가 하면 각종 농성장마다 끼어들기도 하고, 단식 투쟁이다 뭐다 이상한 쇼를 하면서 국민을 우롱하고 기만하는 수단들도 일류 배우를 능가할 정도로 연기를 하는 형태들이 각양각색인데, 이러한 모습들이 우리나라 정치가들이 국민들에게 각인시켜 놓은 일반적인 인상이다.

어떠한 이유에서라도 폭력이 용납되어서는 안 되며 법을 지키지 않았으면 당연히 법의 심판을 받아야 한다. 법을 만든 사람들이 법을 지키지 않는다면 누가 법을 지키려고 하겠는가. 법이 모든 국민에게 평등하게 적용되고 집행이 되는 것이 국민이 안심하고 행복을 누릴 수 있는 선진국의 조건이라고 생각한다.

정치는 국가와 국민을 위하여 행하고 국민을 우선으로 해야 한다. 소수의 이익보다는 국민 대다수를 위하고 개인이나 특정 집단의 이익보다는 공공의 이익을 우선시해야 한다. 정치가가 행하는 모든 행위는 국민의 모범이 되어야 한다. 무엇이 진정으로 국민을 위하고 국가의 영속(永續)과 번영에 필요한 일인가를 먼저 생각하고 판단하여 결정하여야 한다. 말로만 하는 국리민복(國利民福)이 아니라 실천이 필요하다. 개인의 욕심이나 당리당략(黨利黨略) 때문에 국민을 외면하고 불안하게 만드는 정치가는 정치마당을 떠나야 한다. 그래야 나라가 번영하고 국민이 행복해진다.

모든 국민이 정치에 참여할 수는 없다. 그래서 참정권 (參政權) 행사의 수단으로 선거라는 제도를 만들고 투표라는 과정을 거쳐서 대표자를 뽑아 정치를 대신 하게 하는 것이다. 곧 유권자인 국민의 의견을 수렴(收斂)하고 다양한 의견들을 모으고 정리하여 무엇이 올바른 길인가를 판단하여 정책에 반영하고 국민을 위한 제도를 만들어나가는 것이 정치가들이 해야 할 일이다. 그런 일들을 하라고 국민이 세금을 내어 정치가들의 급료와 활동비를 지급하는 것이 아닌가.

정치가는 으스대고 국민 위에 군림하려 해서는 안 되며 적대 관계에 있는 국가나 집단에게 유리한 행위를 하여 나라를 위태롭게 하거나 그 지위와 권력을 치부(致富)의 수단으로 삼아 이권(利權)등에 개입을 해서는 안 될 것이다. 무엇보다도 국가의 안위를 우선으로 하며 국민의 곁으로 다가서서 그들의 아픈 곳을 어루만져주고 어려움이 있다면 해결해주어야 하고, 옳지 못한 일이나 억울한 일이 있다면 바로잡아주어야 한다. 그것이 올바른 정치가요 지도자의 길이다. 당리당략이나 개인의 욕심을 위하여 옳지 않은 일을 선동하고 폭력을 유도하거나 돌출 행동으로 이목을 끌어보겠다는 것은 잘못된 일이다. 그런 정치가는 시정

잡배(市井雜輩)와 다를 것이 없다. 일부 지지자들에게 대리만족을 제공하는 역할을 할 수 있을지는 모르나 그것은 유권자를 대신하여 정치를 하는 지도자가 가져야 할 자세는 아니다.

가정이나 사회의 어른과 스승, 조직의 지도적인 위치에 있는 사람은 아이들이 잘못을 저지르고 제자가 그릇된 길을 가거나 일반인들이 옳지 않은 일을 할 때 그것을 타이르고 바른 길로 가게 만드는 것이 올바른 자세다. 정치를 하는 사람들도 마찬가지로 나라와 국민의 앞날을 걱정하고 법을 받들어 지키며 살기 좋은 사회와 부강한 나라를 만들어나가는 일에 앞장서야 한다.

정치가는 국민들로부터 선택을 받은 지도자의 위치에 있는 사람들이다. 따라서 그들의 행동은 곧 유권자의 역할을 대리하는 것이므로 대리인의 자격으로서 정치를 하면서 부끄러운 행위를 하였다면 그것은 자신을 선택해준 사람들은 말할 것도 없고 모든 국민을 불행하게 만드는 것임을 알아야 한다. 그래서 공인(公人)이 되면 행동과 말을 조심하고 일거수일투족(一擧手一投足)에 신중을 기해야 하며 한마디의 말이라도 자기가 한 말은 반드시 책임을 져야 한다. 그러한 일이 귀찮고 번거롭다면 정치가나 공인이 되지 말아야 한다. 아무런 제약도 받지 않는 자유인으로 살아가면 될 것이다.

개인의 돌출 행동이 세계의 여러 나라로 영상을 타고 흘러나가 국민 모두를 부끄럽고 수치스럽게 만든다는 것 정도는 판단할 줄 알아야 한다. 정치인의 그릇된 판단과 행동 때문에 그를 믿고 선택해준 국민이 부끄러운 일을 당하거나 나라가 위태롭게 된다면 얼마나 불행한 일인가. 그동안 일부 함량 미달의 인물들이 국민을 부끄럽게 한 사건들이 셀 수 없을 정도로 일어났지만 그들은 특권처럼 법의 심판에서 벗어났으며 거짓말과 부정한 행동은 말할 것도 없고 국민을 기만하면서 개인의 욕심을 채워왔다. 유권자들은 그들을 감시하고 표로서 심판하여야 할 것이다. 국가의 지도자들이 깨끗하고 올바른 행동을 해야 국민이 행복해지고 나라가 부강해진다.

정치를 하는 사람이나 지도적인 위치에 있는 사람들일수록 개인의 욕심을 챙기고 소수의 지지자들을 의식하여 대다수의 국민을 힘들게 하거나 불행하게 만드는 행위를 해서는 안 되며 국익을 해치는 일을 해서는 더더욱 안 될 것이다. 정부가 부패하거나 국론이 분열되면 국력이 약해지고 힘이 없는 국가는 외침을 받거나 강한 나라의 지배를 받게 되어 국민이 불행해진다.

500년을 이어온 조선의 역사를 보면 정치 지도자들이 붕당(朋黨)을 만들고 파벌을 갈라 부질없는 이념 논쟁이나 권력 투쟁에 골몰하여 국민의 기상은 약해지고 국력을 쇠퇴하게 만듦으로써 열강과 일본의 침략을 불러들이는 계기를 만들었고 약화된 국력은 외침에 대항할 힘을 잃게 하였다. 결과적으로 그들의 지배를 받아 민족의 기상은 꺾이고 역사와 문화는 왜곡과 약탈을 당하거나 파괴되어 사라져버렸는가 하면 국토에 매장된 자원을 수탈당하고 선량한 백성들은 기아를 벗어나기 어려워 헤아릴 수 없는 고통을 당하고 아녀자들이 겪어야 했던 수모는 이루 말로써 표현할 수조차 없는 비참한 지경에까지 이르고 말았다는 사실을 오늘을 사는 정치 지도자들은 알아야 한다. 그래서 무엇을 하는 것이 진정으로 나라와 국민을 위하는 길인가를 고민하고 실천해야 한다.

불필요한 이념 논쟁이나 당리당략으로 국가의 정체성마저 흔들리게 하는 일이나 오직 정권 쟁취만을 위하여 당장의 선심성 정책이나 책임지지 못할 공약들을 남발하는 것은 나라의 살림을 어렵게 만들고 국력을 약화시켜 결과적으로 국민을 불행하게 만드는 일이다. 권력이란 무한한 것이 아니며 일정한 시간이 지나면 떠나가는 것이므로 그 자리에서 떠난 이후에라도 부끄럽지 않고 존경받는 정치가로 남아야 할 것이다.

　유권자인 국민들도 눈앞의 달콤한 공약보다는 더 멀리 국가의 미래를 내다보고 그릇된 행위를 하거나 비리를 저지르는 정치가는 선거를 통하여 심판하고 낙선을 시킴으로써 올바른 정치를 할 수 있는 바탕을 만들어야 한다. 그래야 나의 자녀들이, 나의 후손들이 질서가 있고 정의로우며 부강하여 살기 좋은 나라에 태어난 것을 자랑으로 여기면서 그런 나라를 물려준 조상들에게 감사함을 느끼고, 그 후손들에게도 살기 좋은 나라를 물려주기 위하여 더욱 노력하게 될 것이다.

# 자신의 얼굴에 책임을 져야

살아간다는 것은 쉬지 않고 흘러가는 시간을 자신을 위하여 효과적으로 보람 있게 이용하거나 그러지 못하고 의미 없이 보내기도 하면서 소진(消盡)시켜가는 것이라 할 수 있다. 멈추지 않고 흘러가는 시간들을 어떻게 활용하느냐에 따라서 자신의 얼굴을 만들어나가게 되는 것이다.

누구나 자신만을 위하여 살아가는 것 같지만 동시에 다른 사람들을 위하고 의식하면서 살아간다. 어려운 사람에게 힘이 되어주거나 자신의 목숨마저도 내던지며 위험에 처한 사람을 구하기도 하고 자신의 재산을 털어 다른 사람을 돕기도 하면서 더불어 살아가는 것이 우리네 삶이다.

의상(衣裳)의 경우에 단순히 자신만을 위한다면 겨울에는 춥지 않게, 여름에 무덥지 않을 정도로 외부의 위해(危害)로부터 자신을 보호할 수 있게 입으면 될 것인데도 유행을 따르고 디자인과 브랜드 등을 따져가며 선택을 한다거나, 외모에 있어서도 자신의 편안함만을 생각한다면 굳이 체형과 얼굴이나 헤어스타일 등에 값비싼 대가를 지불한다거나 고가(高價)의 액세서리(accessory)로 치장을 하고 화장품으로 꾸며가며 가꾸려 하지 않아도 될 것인데 고통을 참아가면서 땀 흘리며 노력하고 성형 수술이나 보형물 등을 이용하여 외모를 아름답게 단장하거나 몸매를 보기 좋게 만들려고 하며 언행(言行)에 있어서도 많은 투자와 노력을 하는 것 등은 타인을 의식하기 때문이다.

사람은 나이가 들어가거나 경험이 쌓여갈수록 사회적인 지위나 인지도가 높아지는 반면에 그에 따른 행동의 제약이 주어지고 책임과 의무가 따르게 마련이다. 배움이 많아지고 직장에서 혹은 사회적으로 운신의 범위가 넓어질수록 생활의 폭이 커지고 다양해지며 알아보는 사람이나 주목을 하는 사람들도 많아지게 되는 만큼 그에 따른 행동과 처신에 더 많은 조심과 절제가 필요하고 자기 관리가 요구된다.

높은 지위나 많은 재물을 갖지 못하고 평범한 삶을 살아가는 사람들도 그가 생활하는 범주(範疇)에서 자신의 역할과 행동에 책임을 지면서 살아야 다른 사람으로부터 비난이나 손가락질을 받지 않는다.

누구나 자신의 행위에 대한 책임을 져야 하는 것은 당연하지만 사회적인 주목을 받는 위치에 있을수록 잘못에 대한 비난의 강도가 큰 것은 그만큼 다른 사람에게 미치는 영향력이나 파장이 크기 때문이다.

사람에 따라서 개성의 차이는 있지만 아무리 나이가 들고 사회적인 지위가 높고 역할이 확대되어도 행동이나 말을 가리지 않고 충동적으로 처신하는 사람이 있다. 그들의 대부분은 현재의 지위나 권력 혹은 재물 등을 믿고 주변을 의식하지 않거나 자신의 기분대로만 행동하며 다른 사람을 위한 배려나 예의는 안중에 두지 않고 함부로 말하고 행동을 한다는 공통점이 있다. 나이가 들어갈수록, 배움이 많고 학문이 깊어질수록, 지위가 높아갈수록, 인지도가 넓고 역할이 클수록 사회적인 책임과 처신에 더 많은 조심을 하여야 하고 언행에 더욱 신중을 기해야 하며 엄격한 자기 관리가 필요하다.

혼자만의 자신은 개인에 불과하지만 그 개인이 여러 사람들과 어울려 사회를 구성하고 살아가야 하기에 질서가 요구되고 엄격한 도덕적 처신이 요구되며 지켜야 하는 도리와 규범이 필요한 것이다. 자칫 그의 지위 때문에 그릇된 언행이나 비리가 소속된 조직이나 단체에 심각한 위험 요소가 될 수도 있기 때문이다.

입만 열면 쌍스런 욕설과 육두문자(肉頭文字)나 음담

패설(淫談悖說)을 일상 용어처럼 쏟아내는 사람이 있는가 하면, 다른 사람의 입장이나 사정은 고려하지 않은 채 자기주장만 되풀이함으로써 전체적인 분위기를 나쁘게 만드는 사람도 있다.

때로는 듣기에 좋지 않은 욕설(辱說)도 묘한 면이 있어서 욕을 하는 사람에 따라서 느끼는 감정을 달리하는 수가 있다. 어떤 사람이 하는 욕은 한마디만 들어도 기분이 나쁘고 참아내기 어려울 정도로 모멸감이 느껴지는 반면에, 어떤 사람이 하는 욕은 들어도 구수하고 생활을 재미있게 만들기도 한다. 같은 사람이 하는 욕설이라도 그가 짓는 표정이나 행동과 주변 분위기에 따라서 느낌이 다르고 듣는 사람의 기분에 따라서 받아들이는 감정이 다르다. TV 등에서도 소개된 소위 '욕쟁이 할머니'와 같은 경우에 손님들이 욕을 들으면서도 할머니가 경영하는 식당을 찾아간다. 그리고 '욕쟁이 할머니'가 하는 욕을 재미있게 받아들인다.

군대 생활을 할 때의 이야기로 동기(同期) 중에 말만 하면 'ㅆ'으로 시작하여 'ㅆ'으로 끝을 내는 사람이 있었다. 처음에는 '뭐 이런 녀석이 다 있나' 하는 생각이 들고 기분이 좋지 않을 뿐만 아니라 천박해 보이기까지 하였으나 그것이 특정인에게 한정되어 있는 욕이 아니라 상대가 누구이든 상관없는 그 사람의 말버릇이어서 거듭하여 듣다 보니 욕도 중독성이 있어서 자연스럽고 재미있게 들렸으며 오히려 그가 말을 하면서 욕을 섞지 않으면 부자연스럽거나 이상하게 보이기까지 하였다.

아무리 욕설이 하는 사람이나 대상에 따라서 차이가 있다고 하더라도 오랫동안 부대끼며 생활을 하여온 사람의 경우에는 '저 사람의 성격이나 버릇이 그렇다' 하고 이해를 할 수 있지만 처음 만났거나 모처럼 만나는 사람 혹은 친분이 두텁지 않은 사람에게서 욕설이 나오면 좋아할 사람은 없다.

욕설뿐만이 아니라 언어 습관에 있어서도 상대방을 배려하지 않는 하대(下待)를 하거나 앞뒤를 고려하지 않고 상대방이 모멸감(侮蔑感)이나 수치심을 느낄 정도로 말이나 행동을 함으로써 상대방의 감정을 상하게 하고 어려움을 당하게 되는 경우를 자주 경험한다. 대부분의 경우 상대방보다 우월한 지위에 있거나 유리한 위치에 있을 때 상대방을 함부로 대하고 '욕설'이나 '하대'를 하는 경향이 있다.

말, 곧 언어 습관에는 그 사람의 성장 배경이나 살아온 환경이 크게 영향을 미치는 것 같다. 부모가 욕을 잘 하고 성격이 격하여 다른 사람들과 자주 다투는 가정에서 자란 자녀들의 언어 습관이나 행동은 부모의 행동을 그대로 본받게 되고, 어릴 때부터 눈치를 보는 환경에서 자란 사람일수록 공격적이거나 질투심이 강하고 이간질하는 성격이 되기 쉬우며, 성장 과정에서 귀하게 대접만 받으면서 자란 사람 중에는 성인이 되어서도 자기밖에 모르는 이기적인 성격의 소유자가 많다.

술버릇도 그 사람의 인격이나 품격을 가늠하게 한다. 평소에는 조용하고 온순하던 사람이 술에 취하면 말이 많아지고 행동이 거칠어지는가 하면, 평소에 과묵한 성격을 가진 사람일지라도 술을 마시면 폭력적으로 변하여 상대를 가리지 않고 시비를 걸어서 수습이 불가능하게 하거나, 상대방의 말꼬리를 잡아 시비를 한다거나 대수롭지 않은 농담에도 화를 내고 싸우려 드는 사람, 다른 사람을 무시하거나 배려하지 않고 자기의 주장이나 자랑만 늘어놓는 사람, 같은 이야기를 반복하여 상대방을 지루하게 하는 사람, 자기 말만 되풀이하고 다른 사람이 말할 기회를 주지 않음으로써 모임의 분위기를 망치고 기피의 대상이 되는 사람 등 그 행태도 각양각색이다.

술버릇은 일종의 습관이므로 술을 마시는 습관도 잘 배워야 한다. 젊은 시기에 술을 배우면서 멋모르고 같은 또래들끼리 어울려서 마시는 경우 나쁜 술버릇으로 이어지기 쉽다. 신체적으로나 정신적으로 성장을 하는 시기에 함께하는 친구들이 좋지 못한 언어 습관이나 술버릇이 있으면 그대로 따라 하게 되는 경우가 많다. 좋은 습관은 들이기 어렵지만 나쁜 습관은 쉽게 물이 든다.

사람의 습관은 곧 그 사람의 인격이라 할 수 있다. 아무리 높은 지위와 학식을 가졌다 하더라도 습관이나 행위가 옳지 못하면 존경을 받을 수 없고 기피와 혐오의 대상이 된다. 좋지 못한 생활습관을 가진 사람은 자신만이 아니라 가까이 있는 사람까지도 힘들게 만든다.

바른 습관의 시작은 가정에서 비롯된다. 부모의 생활 습관이 바르지 못하면 자식들도 바른 습관과 긍정적인 사고를 가지고 바르게 자라기가 쉽지 않다. 비록 어려운 살림을 꾸려가더라도 부모가 건전하게 생활하고 열심히 사는 모습을 보여주면 자녀들도 본을 받게 되어 열심히 살려고 노력하며 올바른 생활 습관이 자연스럽게 몸에 배게 되어 행복을 느끼면서 성공한 삶을 살아가게 된다. 그러나 아무리 부유한 가정에서 물질적인 면에서는 남부럽지 않게 살아간다 하더라도 그 부모의 생활이 건전하지 못하면 자녀들도 부모를 따라 하기 쉬우며 결과적으로는 행복한 삶을 살아가기 어렵다.

누구나 자신의 얼굴과 이름에 책임을 질 줄 알아야 한

다. 항상 불만으로 가득 차고 모든 것을 부정적으로 보면서 저항하는 자세로만 살아가는 사람과 매사를 긍정적으로 생각하고 웃으면서 즐겁게 생활하는 사람은 표정부터 다르다. 성격이 얼굴을 만든다. 잘생기고 못생기고 하는 얼굴 형태가 문제가 아니라 표정에 있어서 상대방에게 편안한 느낌을 주는 얼굴이 있는가 하면 어딘지 모르게 불편한 느낌을 주는 얼굴이 있다. 화장이나 성형 수술 같은 물리적인 수단보다 웃음 짓는 얼굴과 긍정적인 사고가 온화하고 아름다운 표정과 기품 있는 얼굴뿐만 아니라 내면마저 멋있는 사람을 만든다.

인간은 기본적으로 자유와 행복을 누리며 살아갈 권리가 있으며 동시에 법과 질서를 지키고 인간적인 도리를 다하여야 할 의무가 있다. 그래야 모든 사람들이 행복한 삶을 유지하고 살아갈 수 있기 때문이다. 도리를 다한다는 것은 곧 자기의 얼굴에 책임을 진다는 것이다.

개인의 그릇된 행동이 좁게는 본인은 말할 것도 없고 누구의 자식, 누구의 아비다 하여 부모와 자식을 욕되게 하고 넓게는 몸담아 있거나 혹은 있었던 직장이나 단체를 비롯하여 그가 태어난 나라까지도 비난과 조롱을 받게 만들 수 있을 뿐만 아니라 자신이 소속해 있는 단체나 조직을 위기로 몰아가거나 그의 혈통이나 출신 학교까지도 비난을 받게 만들 수가 있다. 그래서 사람들은 얼굴값 혹은 꼴 값을 한다는 말을 하는 것이다.

　나이가 들어갈수록 어른으로서뿐만 아니라 자신이 처하여 있는 위치와 지위나 이름에 걸맞은 말과 행동을 하여야 하고 매사에 신중을 기하여 다른 사람을 더 많이 배려하는 자세가 필요하다.

# 한 해가 저물어간다

하루가 저물어가는 광경(光景)을 보고 있으면 황홀할 정도로 아름다운 노을이 절정을 이루는 가운데 빠르게 내려앉는 태양은 하루의 일과를 마무리하고 또 다른 내일을 위해 찾아드는 땅거미와 짙은 어둠에 자리를 내어준다.

정초(正初)가 되면 사람들은 찬란하게 솟아오르는 해를 보면서 한 해의 안녕과 번영을 기원하며 새해를 맞이한다. 지나간 한 해에 힘들고 어려운 일이 있었다면 시작되는 새해에는 지난해의 모든 고난은 흘려버리고 새로이 좋은 일이 시작될 것이라는 기대와 희망을 가지고 동녘 하늘을 아름답게 물들이며 힘차게 솟아오르는 태양을 향해 두 손을 모아서 허리를 굽히고 머리 숙여 자연이 연출하는 장엄한 경관에 저마다의 소원을 빌고 경의를 표한다.

자연은 그 섭리(攝理)에 따라 그대로 돌고 흘러갈 뿐인데 사람의 생각이 하루를 만들고 한 해를 만들며 나아가

그가 살아가는 일생을 만든다. 시작을 한다는 새해의 출발점에서는 모든 사람의 마음이 새로워지고 각자의 소망이나 기대에 차이가 있기는 하지만 지난해보다는 새롭게 맞이하는 새해가 더욱 나아지고 좋아질 것을 기대하고 바라는 마음은 한결같다.

아침에 눈을 뜨고서 TV나 라디오를 켜면 힘 있는 사람들의 부정과 비리가 귀와 눈을 더럽히고 국민들을 짜증나게 하는 뉴스로 하루가 시작된다. 그나마 어려운 이웃을 생각하고 이름마저 밝히지 않은 의인(義人)들이 거액의 수표를 구세군 자선냄비에 넣거나 관공서 앞마당에 쌀 포대를 두고 간 의로운 이들의 미담(美談), K-팝에 세계인들이 열광한다거나 국내산 제품의 수출이 신장되었다는 등의 기분 좋은 소식들이 있기에 살아가는 맛이 나고 뉴스를 보는 재미가 있다.

우리는 자랑스럽고 위대한 민족이다. 세계 지도를 펴놓고 보면 중국 대륙의 한쪽 모서리에 자리하여 일본 열도를 방파제 삼아 대륙을 향하여 포효하는 호랑이의 자세를 하고 있는 동북아의 조그마한 반도(半島) 국가. 강대국들의 틈새에서 수없이 많은 침략과 위협을 받아 저항하고 타협하며 때로는 치욕을 당하기도 하였으나 끈질긴 생명력으로 버티어오면서 고유의 언어와 문자를 가지고 독자적인 문화를 만들어 민족의 정기를 잃지 않고 줄기차게 정통성을 지키며 살아온 민족이다.

이처럼 끈질기고 위대한 국민에게 걸맞게 개인이나 친인척의 욕심과 당리당략을 척결하고 국리민복(國利民福)을 우선으로 하며 명예를 존중하고 올바른 역사의식을 가진 훌륭한 지도자를 만나서 남북이 전쟁 없이 민주 평화 통일을 이루어 부정과 부패가 없고 모든 국민이 행복을 누리는 부강한 나라가 되어 세계의 굶주리고 고통 받는 어려운 나라를 돕고 그들에게 행복을 나누어준다는 기분 좋은 뉴스만 매일 들을 수 있었으면 좋겠다.

사람은 누구나 나름대로의 꿈과 희망을 만들어서 그 이상(理想)을 실현하고자 노력하면서 살아간다. 어떤 이는 입신양명(立身揚名)을 바라며, 어떤 이는 재물을, 어떤 이는 가족과 자신의 행복을, 어떤 이는 자식을 위하여, 어떤 이는 생계를 위하여… 사람의 수만큼이나 바라고 소망하는 일들도 많다. 모든 사람들은 자신이 가진 크고 작은 꿈을 이루기 위하여 노력하고 성취하면서 때로는 좌절하거나 절망도 하면서 살아간다.

많은 사람들이 새해 아침 솟아오르는 태양의 기운을 받

기 위하여 새벽잠을 설쳐가며 교통 혼잡과 추위를 무릅쓰고 경치가 좋은 장소로 해돋이를 떠나기도 하고, 산사(山寺)를 찾아 밤을 새워가면서 소망하는 일이 이루어지기를 기원하거나 한해의 건강과 형통(亨通)을 염원하기도 한다.

아파트 옥상에서 희뿌연 운무를 헤집고 멀리 동쪽 산마루를 붉게 물들이면서 장관(壯觀)을 연출하며 힘차게 솟아오르는 해를 바라보면서 군 복무 중인 아들이 아무런 탈 없이 건강하게 국방의 의무를 마치고 전역하여 취업을 하고 참한 규수를 만나 결혼도 하고 우리 가족 모두가 건강하고 행복하기를 기원하면서 한 해를 시작하였다. 그렇게 출발한 한 해가 어느덧 365번의 태양이 뜨고 지는 반복을 거듭하고 또 다시 시작될 365일을 준비하면서 저물어가는데, 이 한 해 나는 무엇을 하며 살았던가.

그동안 다니던 직장에서 퇴직을 한 지도 1년 6개월이 다 되어간다. 내 나이 어느덧 60을 지났다. 나는 그동안 어떤 일을 하면서 살아왔으며 이루어놓은 것은 무엇인가. 무엇을 하면서 벌써 한 갑자(甲子)를 돌았는가? 20~30년 전만 하여도 60을 넘어서면 늙은이 노릇을 할 나이였지만 오늘날에는 한창의 시기로 모두들 건강하게 살아가기 때문에 남들 앞에서 나이 이야기를 꺼낼 형편도 못 되는 어중간한 시기다. 70은 넘어야 겨우 노인 대우를 받을 수 있으니 아직은 젊다. 직장을 다니지 않고 시간적으로 쫓기지 않을 뿐만 아니라 정신적으로나 신체적으로 여유가 있으니 건강이 좋아지고 마음에 여유도 생긴다.

그동안 직장이라는 조직의 정형화된 일상에서 벗어나 여유가 있으니 해외여행도 다녀오고 이것저것 새로운 앎에 대한 경험도 가지면서 보내기는 하였으나 한 해가 저물어가는 것을 보면서 돌이켜보니 남들처럼 평범하게 살았을 뿐 뚜렷하게 내세울 만한 일을 이룬 것은 없다.

저물어가는 한 해를 보내면서 '나는 이 한 해 무엇을 하였으며 또 새해에는 무엇을 하며 살아야 할 것인가' 하는 생각이 앞선다. 대부분의 사람들은 자신의 꿈을 향하여 열심히 살아간다. 나 또한 그들과 어울리며 평범한 삶을 살아가겠지만 그래도 조금은 더 보람이 있고 가치 있는 삶을 살고 싶다. 그렇다고 돈을 많이 벌거나 높은 지위를 얻거나 하는 욕심이 아니라 남들에게 무엇인가 보탬이 될 수 있는 삶, 아내와 자식 그리고 형제와 주변의 다른 사람들에게 짐이 되지 않는 소박한 삶을 살고 싶을 뿐이다. 벌써 크리스마스트리(Christmas tree)와 구세군의 자선냄비가 거리를 장식하고 징글벨 소리가 저물어가는 한 해를 알리며 조용하게 울려 퍼지기 시작한다.

2012년 총선을 위하여 열심히 일하겠다는 일꾼들의 얼굴이 건물의 벽들을 장식하면서 자신을 알리기 위한 행보가 시작되고, 1년을 마무리하는 업무의 마지막 정리와 연말에 필요한 자금의 확보나 새해를 맞이할 준비 등으로 직장인이나 사업을 하는 이들의 발걸음이 분주한 가운데 임기를 2년 남짓 남겨둔 대통령의 레임덕(lame duck) 현상에 더하여 선거를 의식한 각 정당이나 후보자들의 상대방 흠집 내기와 북한 지도자 김정일 사망(2011.12.17)으로 인한 정세들이 얽혀서 연말 분위기를 뜨겁게 달군다.

해마다 연말이 다가오면 직장과 단체 등의 송년회와 각종 행사 참석으로 바쁘고, 1년간 수행한 업무의 마무리에 힘겨워하다가 이제 직장을 벗어나 여유가 생기니 자유(?)를 누린다는 기분보다는 어딘지 모르게 무엇인가 허전하다는 생각이 앞선다. 이제 또 저물어가는 한 해를 보내면서 새롭게 맞이하는 내년에는 보람 있는 일을 찾아서 보다 나은 삶을 만들어야 할 것인데…. 하루하루를 값지게 보내며 무의미하게 살지 말고 보람된 삶을 살고 싶다는 소박한 소망을 가져본다. (2011.12.)

# 올바른 처신의 잣대, 기기(欹器)

TV, 라디오, 신문, 인터넷 등 대중 매체의 뉴스를 보면 짜증이 나고 괜히 스트레스를 받게 되어 보기가 싫어 다른 채널로 돌리거나 신문은 다른 지면을 보게 된다. 일부이긴 하지만 이른바 힘 있는 자들과 가진 자들의 비리는 뉴스의 단골 메뉴가 된 지 오래이며 이념 논쟁과 각종 범죄, 사건과 사고는 말할 것도 없고 어린아이를 납치하거나 패륜(悖倫)을 저지르는 등 비인간적인 소식들로 도배가 되어 있으니 그럴 수밖에 없다. 언제쯤 아름답고 즐겁고 희망찬 이야기로 꾸며지는 뉴스만 보고 듣는 날이 오게 될 것인지…. 희망사항이기는 하지만 기자들도 어두운 구석보다는 밝고 좋은 소식들을 찾아내어 뉴스로 내보내는 발상의 전환을 했으면 정말 좋겠다는 생각을 해본다.

언제나 그러했지만 집권 말기가 되거나 임기를 마치고 나면 대통령을 지낸 사람이나 측근들의 비리가 봇물처럼 터져 나온다. 왜 그렇게들 탐욕스럽게 살아갈까. 재임 기간 동안 혼신의 노력을 다하고 정직한 마음을 갖고 위민(爲民)하는 정신으로 나라를 위하여 일하다가 임기가 끝나면 국민들로부터 정말 수고 많았다는 칭송(稱頌)과 박수를 받으며 명예스럽게 자리에서 물러나면 연금을 받아 생활할 수 있게 하는 것은 물론이요 부족함이 없이 편안하게 살아갈 수 있도록 국가에서 온갖 배려를 다 해주는데 무엇을 더 욕심내는가. 한 나라의 최고 자리에 앉았으면 그 이상 더 오를 곳도 없으니 그야말로 재직 기간 동안 국가와 국민을 위하여 모든 정성을 다하고 힘을 쏟았더라면 그 이상 영광스러운 자리는 없다.

혼자만의 독자적인 생각이나 판단보다는 많은 사람들의 의견을 모아서 통치에 반영하되 권력과 직위 등을 이용한 개인적인 치부는 멀리하고 사적(私的)인 인연에 의한 인사나 매관매직을 하지 않으며, 능력이 있는 인재를 찾아 일을 맡기고 측근이나 친인척을 비롯한 인적 관리를 치우침이 없이 엄정하게 잘하여 각종 비리를 차단하면 영예로운 자취를 남기는 것은 말할 것도 없고 친인척이나 측근들이 법의 심판을 받는 일도 없을 것이다.

대부분의 국민들은 획기적인 무엇인가를 바라기보다는 안정된 직업에 종사하면서 가족이 편하고 자녀들이 걱정

없이 자유스럽게 행복과 보람을 느끼면서 세계의 어느 나라를 여행하더라도 안전을 보장받고 내 나라 국민임을 자랑스럽게 생각하며 살아갔으면 좋겠다는 소박한 마음들이다.

우리나라 역사는 말할 것도 없고 세계사에 이름을 영원히 지울 수 없는 위대한 업적을 남긴 조선의 4번째 임금인 세종(世宗), 다른 왕들처럼 왕(王)으로서의 임무를 수행했는데도 왜 그를 대왕(大王)이라고 하는가? 그것은 임기 중에 이루어 놓은 일들이 훌륭하였기 때문이다.

그의 애민(愛民) 애국하는 정신과 신념을 바탕으로 한 과감한 추진력이 없었더라면 각종 과학의 발달은 말할 것도 없고 아직까지도 우리는 제대로 된 나랏글이 없어 남의 나라 문자를 빌려서 쓰는 국민으로 살고 있었을 것이며, 글이 없기에 우리말과 문화는 물론 정통성마저 자취를 감추고 말았을는지도 모른다. 앞선 생각을 가진 한 사람의 지도자가 국민을 위하는 마음 하나로 갖은 시련과 반대를 극복하고 이루어낸 위대한 업적이 민족의 앞날을 환하게 열어놓은 것이다.

전제군주로서 막강한 권력과 권위를 가졌던 고대 중국 당나라 2대 왕인 태종 이세민이 '정관의 치(貞觀—治)'를 이루고 그 정치사상을 기록한 이른바 <정관정요(貞觀政要)>를 탄생시킴으로써 우리나라는 물론 일본에까지 영향을 미치게 된 것은 '이루기는 쉬워도 지켜내기는 어렵다'는 기본 정신을 바탕으로 혼자만의 생각보다는 여러 사람들의 의견을 들어서 바른 정치를 행함으로써 이루어낸 앞선 생각을 가진 지도자로서의 업적이라 할 수 있다. 어느 시대를 막론하고 국민 사랑의 정신과 능력을 가진 지도자가 다스리는 나라는 부강하고 국민이 행복을 누릴 수가 있었다.

동서고금(東西古今)을 막론하고 권력을 잡고 있는 사람들뿐만 아니라 과거에 권력의 중심에 있었던 사람들도 진정으로 국가와 국민을 위하기보다는 지나간 날에 대한 향수나 권력 쟁취를 위한 욕심 때문에 파당을 지어서 당리당략을 내세우고 투쟁만을 일삼으며 국민을 짜증나고 어렵게 만들거나 불행으로 이끌어가기는 마찬가지다.

여야를 가릴 것 없이 올바른 일은 협조하고 잘못된 일은 바로잡아서 나가면 될 일을 무조건 밀어붙이거나 반대하여 싸우며 지나간 자신들의 잘못을 인정하려 하지 않거나 반성할 줄을 모르고 덮어두려 하거나 힘으로 억누르거나 온갖 수단을 동원하여 선동을 일삼고 저항하며 해야 할 일을 미루고 자기네들의 욕심을 챙기기에 급급한 한심한 모습들만 국민들에게 보여준다. 그 결과 많은 사람들이 정치에 환멸을 느끼고 정치인을 외면하게 되어 새로운 정치 세력이 탄생하거나 소멸되기도 하면서 역사는 흘러간다.

힘이 있는 자리에 앉아서 그 자리를 이용하여 부정을 저지르거나 부정에 연루된 권력자는 어김없이 임기 말이 되어 레임덕(lame duck)이 발생할 시기가 되거나 임기가 끝나면 밝혀지는 각종 비리와 좋지 않은 일에 연루되어 어려움을 겪고 영어(囹圄)의 몸이 되는 수모를 당하거나 많은 사람들의 원성을 사게 되는 것은 말할 것도 없고 심지어 자살까지 하는 사례들을 보아왔다. 영원한 것은 없다. 재직 기간 동안 열심히 정직하게 그 임무를 수행하다 임기가 끝나서 후회 없이 물러나면 그 이름을 청사(靑史)에 길이 아름답게 남기게 되지만 그러지 못하고 부정을 저질렀다면 욕된 이름만 남기고 말 것이다.


권력자들뿐만 아니라 사회의 구석구석에서 부패하고 썩은 냄새를 풍기는 일부의 사람들이 정직하고 성실하게 살아가는 대다수의 사람들을 열 받게 만들고 의욕을 꺾어 놓는다.

지방자치제 시행 이후, 자기 사람 심기와 매관매직(賣

官賣職) 등으로 보람 있고 명예스러워야 할 공직(公職)이 그렇지 못하고 대부분의 정직하고 성실하게 일하는 사람은 무능하거나 융통성이 없는 자로 낙인이 되어 승진의 기회에서 불이익을 당하거나 밀려나고 의욕을 잃게 만드는 시스템으로 변한 것은 공공연한 비밀로 통하고 있으며, 엄정하게 법을 집행해야 할 사람들마저도 각종 범죄에 연루되어 뉴스의 한 면을 장식하는가 하면 사업을 하는 사람들이 비자금 조성이나 각종 비리에 빠져들고 소위 어려운 계층을 대변한다고 소리를 높이며 시민운동이나 노조 같은 단체에서 앞장을 서는 사람들마저도 운동을 그 본연의 정신보다는 개인의 권위와 욕심을 채우거나 정치권에 입문하기 위한 수단으로 삼는 일이 일반화되고 말았다.

권력을 가졌거나 재물을 조금 가졌다고 천둥벌거숭이처럼 행동하는 사람들이나 그렇지 않고 평범한 일상을 살아가는 모든 사람들이 새겨야 할 말 가운데 '반면교사(反面教師)'라는 말이 있다. 다른 사람이나 사물의 부정적인 면을 보고 거기에서 가르침을 얻는다는 뜻으로 1960년대 중국의 문화대혁명을 주도했던 마오쩌둥[毛澤東]이 처음 사용한 것으로 전해지는 이 말이 절실한 이유는 과거에 '가진 자'들이 그 '가짐'을 믿고 안하무인격으로 행동하다

'가짐'을 잃었을 때 당한 어려움을 보고 같은 길을 걷지 말아야겠다는 가르침으로 삼으라는 의미도 있지만, 평범하게 살아가는 모든 사람들이 자신을 돌이켜보고 조심하면서 남의 잘못을 보면 자신은 그런 잘못을 저지르지 않아야 하겠다는 것을 느끼고 실천하게 됨으로써 어려운 일도 사전에 대비를 하거나 피해갈 수 있을 것이기 때문이다.

국가를 경영하는 사람들이 청렴하고 자세가 올바르다면 법은 제대로 집행이 될 것이며, 그에 따라 국민 모두가 법과 질서를 지키게 되고 잘못된 일이나 부정한 행위는 언제라도 바로잡을 수 있게 될 뿐만 아니라 성실하고 정직한 사람들이 존경받고 국민 모두가 행복하게 살아갈 수 있는 기반을 만들 수 있을 것이다.

지도자는 피지도자보다 더 많은 노력을 하여야 하고 힘든 삶을 살아야 하며 동시에 자기반성과 성찰이 있어야 성공한 삶을 살 수가 있다. 지도자가 그렇지 못하다면 자격이 없는 자가 자리를 차지하고 있었기 때문에 피지도층이 불행과 고통을 당하게 되는 것이다. 국가의 지도자는 나라의 번영과 국민의 행복을 위하여 자기 한 목숨 바치겠다는 각오가 있어야 하며 개인의 욕심을 우선으로 하여서는 안된다.

지방자치단체를 이끌어나가는 사람들이나 사회의 각종 단체와 조직을 이끌어나가는 사람들 모두가 개인의 욕심을 버리고 올바른 생각으로 최선을 다하여 자기가 맡은 조직을 이끌어나가고 처신을 제대로 할 때 비로소 국민이 행복하고 잘사는 나라가 될 것이다. 이전에는 관공서에 가면 '멸사봉공(滅私奉公)'이라고 쓴 액자를 보기가 쉬웠다.

국가의 지도자나 사회의 지도적인 위치에서 일하는 사람들이 참고로 삼아야 할 것으로 ※기기(欹器)에 관한 이야기가 있다. 계영배(戒盈杯)와 비슷하게 넘치거나 모자라지 않게 행동하고 처신하여야 한다는 자기 성찰과 경계의 의미를 담고 있다.

크건 작건 조직을 움직이고 운영을 하는 사람이라면 개인의 욕심을 우선으로 해서는 안 되지만 그 의도와 상관없이 치우침이 있어서도 안 된다. 따라서 마음속에 기기와 같은 저울을 품고서 어느 한쪽으로 기울어짐이 없이 부족하지도 넘치지도 않게 균형을 이루는 올바른 처신을 해야 할 것이다.

※ 기기(欹器)

　고대(古代) 중국에서 군주(君主)가 처신을 올바르게 하기 위하여 경계하는 의미로 사용한 그릇을 말하는데 '기(欹)'는 '기울어진다'는 뜻으로 물이 가득 차면 뒤집어지고 비었을 때는 조금 기울어지며 절반 정도 차면 반듯하게 놓이는 그릇을 기기라고 하여, 군주가 앉는 자리의 오른쪽에 놓고서 '넘치지도 모자라지도 않고 알맞게' 균형 있는 처신을 하도록 스스로를 경계하는 의미를 담고 있어서 계영배를 두고서 스스로를 경계하는 것과도 통하는 점이 있다.

　기기는 순자(荀子)가 지은 <유좌(宥坐)> 편에 나오는 이야기로 공자가 노(魯)나라 환공(桓公)의 사당을 방문하여 이 그릇을 보고 사당지기에게 무슨 그릇이냐고 묻자 "환공이 자리의 오른편에 두었던 그릇"이라고 대답하였다. 공자가 "이 그릇은 비어 있으면 기울고 절반쯤 차면 바르게 놓이며 가득 차면 엎어진다[虛則欹, 中則正, 滿則覆]"고 들었다면서 제자에게 물을 떠 오게 하여 그릇에 담아보니 실제로 그와 같았다.

　공자가 "가득 채우고도 기울지 않는 것은 없다"라고 하자 자로(子路)가 "가득 채우고도 그것을 지킬 수 있는 방법"에 대하여 물었다. 이에 공자는 "총명하고 지혜로우면서도 어리석음으로 지키고, 천하에 공을 세우고도 겸양으로 지키고, 천하를 누를 정도로 용맹하면서도 검약으로 지키고, 천하를 가질 정도로 부유하면서도 겸손으로 지켜야 한다."고 하였다.

<채근담(菜根譚)>에도 "기기는 가득 차면 엎어지고 박만은 비어야 온전하다. 그러므로 군자는 무(無)에 거할지언정 유(有)에 거하지 않고 모자란 곳에 머물지언정 모두 갖춘 곳에 머물지 않는 법이다[敧器以滿覆, 撲滿以空全. 故君子寧居無不居有, 寧處缺不處完]"라고 하여 욕심을 경계하였다. 박만(撲滿)은 흙으로 만든 일종의 저금통으로 돈이 가득 차면 깨뜨려야 꺼낼 수 있으므로 항상 비어 있으면 저금통 자체가 온전할 수 있다는 뜻이다.

# 좋은 책을 읽자

아침에 일찍 일어나 방에서 불을 켜거나 곁에서 부스럭 거리고 왔다 갔다 하면 단잠을 자는 사람을 깨울 수 있어 눈치가 보이고 그렇다고 거실에 나와서 TV나 라디오를 켜도 수면에 방해가 될 수 있으니 책을 읽거나 컴퓨터를 켜보지만 나이 탓인지 그냥은 책 속에 있는 글자들이 여러 겹으로 겹쳐서 보이거나 흐릿하여 읽기가 어렵다. 안경을 끼고 책을 보아도 종이가 불빛에 반사되어 읽는 데 곤란을 느낀다. 글자의 크기를 조금 키우고 종이도 빛이 반사되지 않는 재질이었으면 좋겠다.

TV를 켜고 소리를 줄여도 온통 좋지 않은 소식들뿐으로 물질적인 풍요만 추구하다 사람이 지켜야 할 본연의 도리(道理)를 잃어가고 있다는 생각과 함께 입시를 목표로 성적 올리기에만 급급한 교육과 취업을 위한 경쟁력 우선의 교육도 좋기는 하지만 윤리 교육을 통해 인간성을 회복하고, 염치와 겸손을 알고 양보를 익혀서 정의와 질서를 존중하며, 제대로 된 인성을 길러서 올바른 국가관을 확립하는 교육으로 사람의 정신을 순화시키는 권선징악(勸善懲惡)을 내용으로 하는 책들이 많이 읽혀서 정신적인 풍요와 행복감을 높이는 일이 우선시되어야 할 것이라는 소박한 생각을 해본다.

1960년대까지만 하여도 별다른 오락거리가 없었으므로 독서가 좋은 취미 가운데 하나로 자리할 수 있었다. 종이가 귀하고 경제적으로도 어려운 시대였기에 웬만한 가정에서는 책을 구하는 것도 쉽지가 않아서 소설이나 만화책의 경우에는 친구들끼리 돌려서 보거나 다른 사람의 책을 빌려서 보고 돌려주는 것이 일반적이었으므로 흥미 있는 소설이나 만화책을 가지고 있으면 그 친구는 인기가 좋았다.

한 학생이 재미있는 책이라도 보고 있으면 여럿이 몰려서 한꺼번에 보는 집단 독서가 다반사(茶飯事)였고, 심지어 힘이 있고 싸움을 잘하는 친구에게는 만화책을 빌려주고 신변 보호(?)를 받기까지 하였으며, 살림이 어려운 가정에서는 교과서를 구할 형편이 못 되어 헌책을 얻어서 자녀의 교육을 시켜야 하였고, 일반 가정에서도 대부분이 새 교과서보다는 형이 공부하던 책을 아우가 물려받고 학

년이 올라가는 학생이 사용하던 헌책을 얻거나 구입하여 공부를 시켜야 하는 사정이었으므로 어쩌다 새 책이라도 구하게 되면 그 기분은 말로써 표현하기 어려울 정도로 좋았다.

국가 경제가 어렵고 자원의 부족과 제지 기술이 취약해 종이의 질이 좋지 않은 데다 여러 사람이 물려가면서 이용하여야 하였으므로 책의 훼손(毁損)이 쉬웠기 때문에 표지가 찢어지거나 구겨지는 것을 방지하기 위하여 달력이나 비료 포대 등의 질긴 종이로 꺼풀을 입히고 구겨진 부분은 다리미질을 하여 정성스럽게 펴서 사용할 정도로 책을 소중하게 취급하였다.


경제적으로 부유해지고 통신 기술의 놀라운 발전을 구가하고 있는 오늘날은 길거리에 나서서 차를 타거나 어디에서 아이들과 젊은 사람들을 보고 있노라면 휴대용 전화기의 문자판에 쉴 사이 없이 손가락이 뛰논다. 화면은 거의 보지도 않고 손가락을 놀리는 아이들도 많은데 신기할 정도로 손놀림이 빠르다. 오락 게임을 하거나 누군가와 문자로 대화를 나누는 것인데, 그립고 기다려지는 소식을 손으로 쓴 편지로 주고받거나 마음에 드는 이성에게 가슴 설레어가며 온갖 미사여구를 동원하여 수정을 반복하고 밤을 새우기도 하고 심지어 대리 작성까지 하여가며 온갖 정성을 쏟은 연애편지를 주고받던 시절과는 너무나 달라진 현상들이다.

한글의 우수성에 더하여 컴퓨터와 전화기의 놀라운 진보는 사람의 일상적인 생활은 말할 것도 없고 정신의 영역까지도 바꾸어놓았다. 멀리 있는 사람들에게 안부를 전하고 서로의 의사를 교환하는 수단이었던 편지는 뒷전으로 물러나고 모든 의사를 전화로 통화할 수 있게 되었을 뿐만 아니라 전화기를 이용한 짧은 문장의 언어로 교환을 하거나 컴퓨터를 이용하여 소통할 수 있게 되었다. 더구나 흔히 말하는 스마트 세대들이 사용하는 언어는 수식어라든지 단어의 표기 자체를 생략함으로써 기성세대들이 이해하기에는 어려움이 있을 정도로 단순화·신속화되고 있다.

컴퓨터와 전화기, TV, 라디오 같은 첨단의 기기(機器)를 이용하여 광범위한 정보를 습득하거나 나누게 됨에 따라 독서의 방향이나 질적인 변화도 현저하게 나타나고 있다. 시대의 흐름에 따른 의식의 전환을 반영하듯이 보다 빠르고 편리함에 적응하게 됨으로써 영화와 드라마 외에도 컴퓨터를 이용하여 많은 정보를 쉽게 공유할 수 있는 CD(compact disc), DVD(digital versatile disc),

USB(universal serial bus) 등과 같은 주변 기기의 발달로 종이로 된 서적을 대체할 수 있고 과거에 즐겨 읽었던 교양 위주의 고전이나 영웅전, 역사 소설, 문학 서적들처럼 사람으로서 지켜야 할 도리와 정신세계를 중시하고 장래에 대한 꿈을 키우던 독서에서 물질적인 부(富)의 창출을 위한 재테크(financial technology)와 컴퓨터와 관련된 기술이나 인간의 무궁한 상상력을 반영하는 공상 과학(science fiction) 소설, 웹툰(webtoon) 등으로 취향이 이동하는 경향이다.

책의 내용 전개도 수동적이고 정적(靜的)인 것에서 능동적이며 적극적이고 동적(動的)인 형태로 바뀌고, 인간의 동작이 자기 수련을 통한 신체적인 움직임에서 벗어나 첨단 장비를 이용한 기계적인 움직임으로 변하고 내용 자체도 다이내믹(dynamic)하고 급속한 상황 전개와 더불어 한정된 공간에서 무한정의 세계를 그려내기도 한다.

이처럼 급속도로 변화하는 사회에서 책은 새로운 지식의 신속한 확산과 더불어 학문과 과학 기술의 보급, 문화와 예술의 전달, 신제품이나 상품의 소개와 홍보, 대중의 인기를 필요로 하는 직업인이나 정치에 꿈을 가진 사람들의 이미지(image) 알리기 등 쏟아져 나오는 정보의 홍수 속에서 단순한 읽을거리에서 시각적이거나 편리성을 더하여 내용은 말할 것도 없고 색상이나 디자인과 편집, 종이의 종류와 질 등 독자의 시선을 끌기 위한 다양한 수단들이 동원되어 변모하고 있다.

각박하게 변해가는 인심과 각종 범죄로 얼룩져가는 세상살이를 보면서 앞선 세대를 살다 간 현인들의 아름다운 사상이나 올곧은 행동을 본받아 인격을 높일 수 있는 고전(古典)을 통하여 교양을 쌓고 나라를 위하여 일생을 바친 영웅들의 전기를 읽어서 애국심을 높이고 꿈과 포부를 키우며 아름다운 시(詩)와 문학에서 정서를 순화시키는 교육과 독서가 절대적으로 필요하다는 생각을 해본다.

어떠한 수단과 방법을 동원하여서라도 경쟁에서는 이겨야 하며 재물을 쌓아야 하고, 재물이 힘이 되며 재물을 바탕으로 승리자가 되고 승자(勝者)가 곧 정의(正義)가 되는 사회적 분위기에 편승하여 책의 내용도 그에 맞추어 보급됨으로써 각박해져가는 인간의 정서를 더욱 메마르게 하고 있음을 부인할 수 없을 것이다. 따라서 돈이 되지 않는 책을 굳이 만들어 보급할 사람도 없지만 지나친 입시 경쟁과 취업 경쟁에 내몰리는 사람들의 입장에서는 고전(古典)이나 교양서적(敎養書籍) 등을 읽어서 삶의 지혜를 배우거나 교양을 쌓고 인성을 순화시키는 책들을 읽을 만한 여유가 없는 것도 사실이다. 눈만 뜨면 일어나는 각종 범죄를 줄이기 위하여서라도 인간 정서를 안정시키고 순화하는 도덕과 윤리 교육이 필요하며 사람과 자연을 존중하고 사랑을 실천하는 정신을 심어줄 수 있는 책들이 많이 읽혀야 할 것이다. 책은 강제적으로 읽게 할 수는 없는 것으로 책이 좋아서 독자 스스로가 책을 가까이하고 읽어야 하는 것이기에 사회적인 분위기 조성이 있어야 하고 교육 제도의 뒷받침이 따라야 할 것으로 본다.

학력이 사람의 인격이나 사회적인 신분과 수입의 수준을 가늠하는 척도가 되기 때문에 고학력 실업자가 늘어나는 것은 아닐는지. 자녀를 대학에 보내고 해외로 유학을 시키기 위하여 부모는 허리가 휘고 살림은 기둥뿌리마저 뽑힐 정도로 힘들게 학업을 마쳤다 하여도 전공과는 전혀 다른 일을 하거나 직장마저 구할 수 없다면 분명히 잘못된 교육 구조라고 보아야 되지 않을까.

기업은 인력난을 겪고 있는 데 반하여 만족할 만한 일자리를 구하지 못하여 놀고 있는 고학력 실업자들이 많아 불만만 늘어나고 사회적인 문제를 일으키는 요인이 되고 있다는 견해들도 있다. 고학력이 아니더라도 능력에 따라서 합당한 대우를 받을 수 있다면 많은 희생을 감내하면서까지 학력으로 장식을 하지는 않을 것이다.

높은 학력을 갖지 않고서도 책을 통하여 필요한 지식과

교양을 쌓을 수 있다. 필요는 새로운 창조를 낳게 되며 이를 위하여 스스로 습득한 경험이 있어야 하지만 기초를 닦아주고 길을 안내해 주는 것은 책이다. 책은 반드시 고학력자에게만 문을 열어주는 것이 아니라 필요로 하는 사람이라면 누구에게나 아낌없이 속을 보여준다. 책은 사람을 차별하지 않기 때문에 펼쳐 보고 어려움이 있으면 아는 사람에게 물어보고 도움을 청하면 될 것이다. 몰라서 물어보는 것은 부끄러운 일이 아니지만 모르는데도 물어보지 않고 책조차도 읽으려 하지 않으면 평생을 어리석은 사람으로 살아갈 것이다.

  포장이 좋고 실속도 있는 삶을 살아갈 것인가? 포장은 화려하지만 실속은 없는 삶을 살아갈 것인가? 아니면 비록 포장은 화려하지 않더라도 속이 꽉 찬 삶을 살아갈 것인가는 스스로가 선택하여야 한다. 좋은 책을 많이 읽자. 그것도 눈이 허락할 때에 읽어야 한다. 책은 사람의 인격을 만들어주고 품위를 갖게 하며 지식과 지혜를 가져다준다. 사람을 사람답게 살아갈 수 있도록 이끌어주는 것은 좋은 책이지만, 좋은 책(良書)을 만드는 것은 책을 가까이하고 읽어주는 독자들의 힘이다.

## 상상하고, 관찰하고, 기록해야

"이제는 무엇을 잘 잊어버려서 큰일이다. 간혹 사람들의 이름이 생각이 나지 않고 무슨 말을 들어도 돌아서면 잊어버리니⋯." 후배 녀석이 하는 말, "그러면 돌아서지 않으면 안 잊어먹을 것 아닙니까." 물론 농담으로 한 말이지만 세월의 흐름은 거역할 수 없어서인지는 몰라도 60을 겨우 지난 나이이기는 하지만 기억이 오래가지 못한다. 따라서 기억을 오래 간직하려면 메모하고 기록하는 방법밖에 없다는 생각을 해본다.

여행을 한다든지, 길을 걷거나 일상생활을 하는 가운데에서도 순간적으로 떠오르는 생각이나 느낌 혹은 간직하고 싶은 모습이나 경치들이 많이 있다. 그럴 때 필기도구와 사진으로 담을 수 있는 준비가 되어 있다면 금상첨화(※錦上添花)라 할 수 있을 것이다. 메모를 구체적으로 상세하게 할 필요까지는 없고 요점만 간단하게 하면 된다.

오랫동안 기억하고 싶은 아름다운 경치나 담아두고 싶은 영상은 디지털카메라로 담아서 컴퓨터로 즐기거나 휴대폰으로 저장할 수 있게 되었으니 참으로 편리해졌다.

사람들은 살아가면서 많은 생각을 하고 여러 가지 상상들을 하게 되는데, 나타났다가 사라지기도 하고 스치고 지나가는 수많은 공상이나 생각들이 누군가에 의하여 현실로 다가오기도 하고 그렇게 다가와서 만들어진 현실들이 인간의 삶을 풍요롭게 가꾸어간다. 오늘날 우리가 누리는 정신적 물질적인 풍요는 오랜 세월 동안 많은 사람들이 만들어낸 상상의 결과물이라 해도 지나치지 않을 것이다.

끝없이 높게 펼쳐진 푸른 하늘에 둥실둥실 떠가는 새하얀 구름을 타고 마음껏 날아보고 싶다거나 새처럼 날아보고 싶다는 인간의 상상과 욕망이 비행기를 만들었고, 더 빨리 더 높이 날고 싶다는 생각이 제트 엔진과 로켓을 탄생시킴으로써 지구촌을 가깝게 만들어 생활의 폭을 넓혔으며 우주선을 만들어 무한한 우주 공간으로 더 큰 상상의 세계를 펼쳐나가게 하였다.

넓고 깊은 바다와 그 속을 마음껏 다녀보고 싶다는 상상이 배와 잠수함을 만들어 바다를 육지처럼 드나들며 생활에 편리함을 더하게 하였을 뿐만 아니라 깊은 바닷속까지

들여다보고 그 자원까지도 이용하게 하였다.

육지를 힘들지 않게 더 빨리 달리고 싶다는 생각이 자동차를 만들고 기차를 만들어 생활에 편리를 더하게 하였으며, 눈에 보이지 않는 것조차도 보고 싶은 욕구에 더하여 작은 것을 크게 보고 멀리 있는 것을 가까이 볼 수 있었으면 하는 상상과 욕구가 안경과 현미경을 시작으로 망원경을 만들고 전자 기술을 더하여 마이크로(micro)의 세계와 더 멀리 있는 우주 공간까지 보게 하였는가 하면 내시경(內視鏡)을 만들어 사람과 동물의 몸속까지도 자세히 들여다볼 수 있게 하였다.

어두움에서 벗어나 밝게 살 수는 없을까 하는 상상이 전기를 만들어 어둠을 밝히고 전기 에너지를 만들어 사람이 살아가는 환경을 바꾸어놓았다. 외부의 각종 위해(危害, risk)로부터 보호받을 수 있는 안전한 주거 공간을 가지고 싶다는 상상과 필요가 집을 지었고, 보다 편리하고 안락한 공간에서 생활하고 싶다는 인간의 욕구가 건축 기술의 눈부신 변화를 가져와 주택은 말할 것도 없고 크고 작은 건물과 인간이 필요로 하는 온갖 건축물의 발달과 진보를 가져왔으며, 아무리 큰 소리로 외치고 불러도 의사(意思)의 전달에 한계를 느낀 인간의 노력과 상상이 한계를 모르는 통신 기술의 진화를 불러왔다. 순간순간 스치고 지나가는 아름다운 경관(景觀)과 모습들을 영원히 간직하고 싶다는 욕구와 이를 실현해내고자 하는 노력들이 사진 기술을 만들어내었으며, 움직임과 소리까지 담아서 필요할 때에는 언제라도 이용이 가능한 영화와 TV 등 각종 미디어(media)의 놀랄 만한 진화가 계속되고 있다. 풍부한 감성을 가진 사람이 상상의 세계에서 만들어낸 언어들이 시와 소설이 되고 음악이 되고 그림과 조각이 되어 예술로 승화됨으로써 인간의 감성을 풍요롭게 만들고 정신을 살찌운다.

관찰과 관심은 새로운 상상의 기회를 낳고 보다 나은 창조를 만들어내는 실마리[端初]가 된다. 자연에 존재하는 각종 동식물은 물론 광물질을 관찰하고 관심을 가짐으로써 의약품을 탄생시켰는가 하면 하찮게 여기던 곰팡이와 미생물까지도 관찰하여 페니실린을 시작으로 많은 종류의 항생제와 설파제 등의 의약품을 비롯한 각종 식품 등을 만들어냄으로써 인간과 동물 외에 식물까지도 건강을 유지할 수 있게 하였고 자연에 존재하는 수많은 사물들을 관찰하고 관심을 가짐으로써 인간이 필요로 하는 수많은 이기(利器)들을 만들어내었다.

기록은 쉽게 잊혀가는 상상과 기억들을 오랫동안 보존하고 유지하여 다른 사람에게 전하거나 새로운 창조를 만들어낼 수 있는 수단이 된다. 멀리 있는 상대와 소통을 하고 잠시 내면에서 맴돌다가 사라져가는 생각과 기억들을 남겨서 다음 세대에도 전하고 싶다는 욕망이 언어와 문자를 만들어 기록으로 남김으로써 새로운 기술이 오랫동안 전해지고 지식의 전달 수단이 되어 인류 생활의 변화와 발전에 기여할 수 있게 되었다. 문자와 기계를 이용한 기록들은 문학과 예술은 말할 것도 없고 음악과 과학 등 다양한 분야를 넘나들면서 인간의 생활과 정서를 살찌우고 많은 사람들을 가깝게 만들며 울리기도 하고 웃기기도 한다.

잠시 머물렀다가는 사라지고 새롭게 떠오르기도 하는 수많은 생각과 상상들을 메모하여 기록하고 순간에 스치며 지나가는 사물이나 소리들에 관심을 가지고 관찰하고 기록하여 유지 보존함으로써 자신은 물론 다른 사람들의 생활까지도 보람되고 풍요롭게 만든다. 선각자(先覺者)들이 남긴 기록에 후인(後人)들이 새로운 생각이나 결과물을 더하여 또 다른 새로운 것들을 만들어냄으로써 앞서보다는 발전되고 진화한 기록을 남겨 인류의 삶을 변화시키는 원동력이 되는 것이다.

기억은 오래갈 수 없지만 기록은 영원할 수 있고 다른 사람을 변화시킬 수도 있으며 무심코 지나칠 수 있는 사소한 것들도 관심을 갖고 보면 새롭고 신기한 일들을 만날 수 있다. 하찮게 느껴지던 상상들이 모이고 쌓여서 인류의 생활에 커다란 변화를 가져다주는 밑거름이 되는 것이다. (2011.12.)




※ 금상첨화(錦上添花):

비단(緋緞) 위에 꽃을 더한다는 뜻으로 좋은 일에 또 좋은 일이 더하여짐을 이르는 말. 북송(北宋) 시절 당송팔대가(唐宋八大家)의 한 사람인 왕안석(王安石)이 만년에 남경에서 은둔하면서 지은 시 '즉사(卽事)'에 나오는 구절이다.

"강물은 남원(南苑)으로 흘러 서쪽 언덕으로 기울고 바람에 영롱한 이슬 아름답구나. 문 앞 버드나무는 옛사람 도잠(陶潛)의 집이고 우물가 오동나무는 옛 총지(總持)의 집이라. 아름다운 촛대 술잔 속 맑은 술 따라 마시고, 즐거운 노랫가락 비단 위에 꽃을 더하네[嘉招欲覆盃中淥 麗唱仍添錦上花]. 무릉도원(武陵桃源)에서 대접받으니 천원의 붉은 노을 아직도 많구나."

## 보잘것없는 것에 의지하지 마라

저수지나 연못과 같이 깊더라도 고여 있는 물이나, 흘러가는 물이라도 물살이 급하지 않은 물에 말이나 소가 빠지게 되면 둘 다 헤엄을 쳐서 뭍으로 나와 살게 되는데, 소보다는 말이 더 빨리 나올 수 있지만 급하게 흐르는 물이나 폭우와 홍수 등으로 생긴 급류(急流)에 빠진다면 사정이 달라진다. 빠르고 세차게 흐르는 물에 소나 말이 빠지면 소는 살아서 나오는 확률이 높은 반면에 말은 나오지 못하고 급류에 휩쓸려 죽는 수가 많다고 한다.

그 이유는 말(馬)은 민첩하고 헤엄을 잘 치기 때문에 자신의 힘을 믿고서 물살을 거슬러 올라가려고 한 걸음을 오르면 한 걸음을 떠내려가기를 반복하다가 시간이 지나면 지치고 힘이 빠져서 익사를 하게 되는데 반하여 소는 물살을 거슬러 올라가려 하지 않고 물살을 따라 흘러가면서 열 걸음을 떠내려가면 한 걸음 정도는 물가로 나가고 다시 열

걸음을 떠내려가면 한 걸음 정도는 물가로, 그렇게 흐르는 물을 따라 떠내려가다가 마침내 얕은 곳에 이르게 되면 살아서 나오게 된다는 것이다. 이런 의미를 가진 '우생마사(牛生馬死)'라는 말도 있다. 자신의 능력만을 믿고 어리석게 무리한 행동을 하면 실패를 하게 되지만 능력은 다소 부족하더라도 주어진 환경에 순응하면서 인내심을 갖고 적절하게 대처를 잘하면 목적한 일을 이룰 수 있게 된다는 교훈을 주는 말이다.

살다 보면 어렵고 힘든 일도 많으나 재미있고 보람 있는 일도 많다. 주어진 환경을 자신이 뜻하는 대로 바꾸기는 어렵지만 순응하고 적응해가면서 유리하게 만들 수는 있다. 진정한 능력이란 주어진 환경을 극복하기 위하여 무리하게 실행을 하다가 포기를 하거나 좌절하는 것이 아니라 순응하고 적절하게 대처하면서 유리하도록 이끌어나가는 것이다.

세상이 평화롭고 풍요로울 때에는 누구나 쉽게 살아갈 수 있다. 그러나 세상이 무질서하고 안정되지 못하여 살아가기 힘들거나 천재지변 혹은 전쟁 등으로 난세(亂世)가 되어 어려움에 처하거나 정신적인 충격 등을 당하면 좌절하여 쉽게 포기하고 마는 사람이 있는가 하면 위기를 당하여 좌절하지 않고 인내와 용기를 갖고 슬기롭게 극복하면서 그 속에서 보람되고 성공적인 삶을 일구어나가는 사람이 있다.

오랜 역사 속에 훌륭한 업적으로 인류에 도움을 주고 인간의 삶을 풍요롭게 이끌어 나감으로써 위대한 이름을 남긴 인물들은 어려운 시대를 살면서도 용기와 신념을 갖고서 그들에게 주어진 상황에 지혜롭게 대처하고 순응하면서 포기하지 않고 극복해낸 사람들이다.

성공하는 사람은 자기의 내면에 있는 능력을 알고 그 잠재해 있는 능력을 제대로 발휘하는 사람이지만 성공하지 못하는 사람은 자기 내면의 능력을 모르고 활용하지 못하거나 어려움에 당하여 좌절하고 포기하는 사람이라고 할 수 있다.

우리는 어떤 삶을 살고 있는가? 말[馬]처럼 자신의 힘만을 믿고 무리하게 설쳐대는 어리석은 삶이었나, 그렇지 않으면 소[牛]와 같이 비록 행동은 느리고 영악하지는 못하더라도 주어진 환경에 순응하면서 묵묵히 자기의 길을 걸어온 지혜로운 삶이었나를 뒤돌아보는 것도 가치 있는 일일 것이다.

시대의 변화에 따라 사람의 의식도 바뀌어 순종하고 따르던 사회에서 저항하고 자신의 뜻대로 결정하고 행동하려는 경향이 커지고 있다. 크게는 공권력(公權力)에 대하여 자기의 의사를 분명하게 주장할 수 있게 되었고 작게는 생활 주변에서 일어나는 크고 작은 일들에 대하여 자신의 의견을 내세워 옳고 그름을 따질 수 있게 되었다. 직장에서는 상하 관계의 명령이나 지시에 대하여 무조건 따르고 행하던 구조에서 자신의 유불리에 따라서 거부를 하거나 의사를 표현할 수 있게 되었고, 가정생활에 있어서도 가부장(家父長)으로서 남자의 권위가 절대적이었다가 이제는 남녀가 대등한 관계이거나 오히려 여주인(女主人)의 주장이나 목소리가 더 커지는 환경으로 변하고 있다.

의식주(衣食住)의 해결을 우선으로 하는 노동 집약의 사회 구조와 전쟁 등으로 강한 체력을 필요로 하던 시대에는 상대적으로 힘이 센 남자가 절대적인 위치를 차지할 수 있었으나 물질문명의 급속한 발달과 더불어 여성이 상대적으로 여유와 능력을 발휘하게 되었으며 경제적인 여유로 인하여 삶의 질을 중요시하는 인식의 변화에 따라 공동의 이익보다는 개인의 삶에 비중을 두는 경향이 커지고 있는 것이 사실이지만 그렇다고 직장과 사회생활 그리고 가정에서 현명하지 못한 행동을 하게 되면 상대적으로 불이익을 당할 수 있다.

자기의 주장이 지나치게 강하거나 자신의 판단 위주로

행동을 하게 되면 막다른 길에서 좋지 못한 처우를 받게 된다. 자신의 의사를 명확하게 밝히는 것은 좋지만 전체적인 질서와 분위기를 어지럽게 하거나 개인의 욕심을 우선으로 하는 주장을 내세우고 공동체 모두에게 이익이 되지 못하는 행위를 하며 지나치게 계산적이고 자기희생과 양보가 없는 이기적인 행동을 앞세우거나 공감을 얻지 못하는 돌출 행동이나 주장을 하면 미움만 사게 되어 따돌림을 당하고 경쟁에서 불이익을 당하거나 밀려나게 될 수 있다.

사회가 아무리 변하여도 사람은 혼자서 살아갈 수 없으며 싫건 좋건 다른 사람들과 관계를 맺고 어울리며 살아갈 수밖에 없다. 많은 사람들과 더불어 살다 보면 어려운 일에 부딪히거나 곤란을 겪는 경우도 있지만 살아가는 보람과 재미가 있고 내가 베푸는 것보다는 다른 사람들로부터 받는 것이 더 많다는 것을 알게 되며 그것이 물질적이거나 정신적이거나를 불문하고 분명하게 자신이 잃은 것보다는 얻은 것이 더 많다는 것을 알게 되면 많은 사람들과 어울리며 살아가는 가운데 참다운 행복이 있다는 것을 느끼게 된다. 그래서 사람은 사회적 동물(social animal)이라고 하지 않았는가.

어울리며 살아간다는 것은 자기희생이 따라야 하는 일이다. 다른 사람을 배려하지 않고 자기의 이익과 주장만을 내세우는 행동은 현명하지 못하다. 잘못한 것은 잘못했다고 시인하고 용서받을 줄도 알아야 한다.

자신의 지위나 능력만을 믿고 얼렁뚱땅 묻어두려 하면 의혹은 더욱 커지고 더 많은 문제를 불러온다. 현재의 재물이나 권력과 권위가 영원할 것처럼 착각하고 다른 사람을 무시하거나 아프게 하고 옳지 않은 일을 밀어붙이고 더 많은 것을 보태려 하고 양심 없는 행동을 거리낌 없이 저지르다가 법망에 걸리고 민심의 심판을 받는 어리석은 사람들이 얼마나 많은가. 결국은 자신의 보잘것없는 힘을 믿고서 거친 물살을 거슬러 오르다 익사하고 마는 어리석은 말[馬]과 다르지 않다.

사람은 누구나 잘못을 저지를 수 있으며 그렇게들 살아가지만 대부분의 사람들은 자신이 저지른 잘못을 숨기려 하거나 다른 사람에게 떠넘기려 한다. 뇌물을 받거나 잘못된 일을 저질러놓고 문제가 생기면 다른 사람들도 그렇게 사는데 자기만 재수가 없어서 걸려들었다고 한다. 자신의 과오를 인정할 줄 아는 용기가 필요하다. 진정한 강자는 자기의 허물을 알고 잘못을 인정하며 고치고 보완해나가는 사람이다. 힘이 있고 권력이 있는 사람일수록 자신의 과오를 인정하려 하지 않으며 위기를 얼버무리고 덮으려 한다. 분명한 사실인데도 '기억이 나지 않는다', '나는 모르는 일이다'를 되풀이하며 더욱 추한 모습을 보인다. 법망과 민심(民心)은 속이고 덮을 수 있었을지 모르지만 자신의 양심까지 속이지는 못할 것이다.

순간에 불과한 보잘것없는 재물이나 권력에 의지하여 부끄러운 삶을 살 것인가 아니면 주어진 환경을 슬기롭게 살다가 모든 이의 존경을 받는 참다운 삶을 선택할 것인가는 자신이 판단하고 선택을 해야 할 일이다.

# 천도무친(天道無親)

    태양은 언제나 같은 자리에서 변함없이 빛과 열기를 보내고 있지만 우리가 살고 있는 지구는 자신의 궤도에서 자전(自轉)과 공전(公轉)을 하고 둥글기 때문에 태양의 빛을 받는 거리가 다르고 구름과 바람, 먼지 등이 태양으로부터 오는 빛과 열기를 가려서 어둠과 밝음이 있고 더위와 추위, 흐림과 맑음, 비와 눈 그리고 여러 가지 복잡한 기상 현상들을 만들어낸다. 아무리 거센 비바람과 눈보라가 몰아치고 온 세상을 뒤집어놓을 것 같은 파도와 해일(海溢), 홍수가 바다를 뒤엎고 대지(大地)를 쓸어내려도 태양은 때와 장소를 가리지 않고 그가 내보내는 따뜻한 열과 빛은 한결같다.

    태양은 그 빛을 누구에게 많이 주고 누구는 적게 주고, 누구는 미워하고 누구는 좋아하고 그래서 누구에게는 좋은 빛을, 누구에게는 나쁜 빛만을 나누어주거나 하지 않는다. 옳고 그름을 따지거나 멀고 가까움을 가리지 않고 있는 그대로를 내보낼 뿐으로 이를 선인들이 천도무친(天道無親)이라 하였다. 단지 그 빛을 받아들이는 동물과 식물이, 산과 들이, 강과 바다가 좋고 좋지 않음을 따지고 가리며 그들의 입장에 따라서 자양분을 만들기도 하고 상처를 받기도 한다.

  같은 빛이라도 많이 받거나 적게 받으면 병이 들고 시들게 되지만 적당한 빛은 생명의 원천이 된다. 거센 비바람과 눈보라가 햇빛을 가리고 각종 재앙을 일으키게 되면 그러한 재앙으로 피해를 입은 자연이나 인간은 되돌릴 수 없는 손상을 입게 된다. 태양은 그 자리에서 자기의 역할을 했을 뿐인데 구름과 바람이 태양을 가리고 재난을 가져다줌으로써 수많은 생명들이 목숨을 잃기도 하고 회복이 불가능한 상태가 되기도 한다.

  사람이 살아가는 것도 이와 다르지 않다. 아무리 훌륭한 부모와 스승이 자녀와 제자를 올바르게 기르고 가르치고 능력 있는 지도자가 나서서 조직을 이끌어간다 하더라도 따르는 자식이 바르게 자라지 않고 제자의 행동이 올바르지 못하거나 혹은 조직의 구성원들이 사리사욕만을 챙기고 조화와 단합을 이루지 못하거나 분열하여 문제를 일으키고 반목과 갈등 속에 다투면서 서로를 경계하고 질투하며 정의와 진실마저 나쁘게 왜곡시키고 흑색선전과 중상모략을 함으로써 변하지 않는 진리마저도 가리게 된다면 그 결과는 나쁘게 나타날 수밖에 없다. 물론 가르치고 이끌어나가는 사람이 올바르지 못하면 그 결과는 더욱 좋지 않을 것이지만. 진리와 진실은 언제나 바르고 변함이 없는데 그것을 전달하거나 받아들이는 사람이 자신의 입장에서 유리하고 불리함을 따지거나, 고르고 왜곡시켜서 다른 사람들의 이성마저 속이고 귀를 막고 눈을 가려서 판단을 흐리게 만든다.

사람을 비롯하여 모든 생명들이 목숨을 유지하고 살아가기 위해서 수많은 시련과 도전 속에서 스스로가 적응할 수 있는 능력을 갖추고 치열한 경쟁을 통하여 적자(適者)와 강자(强者)만이 살아남는다. 따라서 강자의 세계에는 강자의 도리와 법칙이 있으며 약자의 세계에는 약자로서의 생존 방식이 있다. 강자는 독자 행동이 많지만 약자일수록 집단을 이루고 무리를 지어서 살아남는다. 맹수인 사자와 호랑이는 독자 행동으로 살아가지만 몸집이 작은 담비는 무리를 지어 생활하면서 사나운 호랑이마저도 그들의 먹잇감으로 삼듯이. 강자일수록 힘이 있을 때에는 화려

하고 따르는 무리가 많지만 힘이 사라지면 무리는 떠나고 화려했던 날들을 회상하며 쓸쓸한 그림지를 남기게 된다. 마치 찬란했던 태양이 지고 나면 어둠이 찾아오는 것과 같다.

약자는 자신들이 가진 취약점을 보완하려 노력하고 협력하며 힘을 모으고 뭉치며 살아간다. 그러한 약자도 힘이 생기고 강자의 위치에 서게 되면 다시 밥그릇 챙기기로 분열을 하게 되어 영원한 강자도 약자도 없는 반복의 역사를 되풀이하게 되지만….

일반 생물들은 생존의 수단들이 대체로 단순하지만 사람이 살아가는 사회에서는 생존을 위한 수단들이 매우 복잡하고 다양하다. 사업이나 정치 마당 그리고 직장 생활 등은 물론 심지어 가정생활마저도 자신을 지키기 위하여 치열한 경쟁과 갖은 수단들이 전개되고 진행되는 가운데 유지되고 흥망성쇠(興亡盛衰)를 반복하고 있다.

사업을 하는 곳에서는 경쟁자보다 소비자의 구매욕이 높은 제품을 앞세워 최대의 수익을 확보할 수 있는 수단과 판매 전략이 동원되거나 지속되어야 하고 보다 많은 일거리를 확보하여 이익을 내어야만 살아남을 수 있으므로 이를 위하여 끊임없는 투자와 부단한 노력이 이루어지고 새로운 아이디어와 방법들이 생겨난다.

계급을 나누고 계층을 만들어 이루어지는 조직 사회에서도 보다 유리한 위치를 차지하기 위한 경쟁과 암투를 비롯한 다양한 수단들이 동원되어 경쟁자를 무너뜨리거나 깎아내림으로써 한 단계를 딛고 올라서게 되면 다음 단계를 향한 도전을 시작하고 또 다른 목표를 향하여 나아가는 일이 반복된다. 능력이 있고 성실하게 살아가는 사람들이 권모술수에 뛰어나고 배경과 힘 있는 자들에 밀려서 의욕을 상실하고 좌절을 하거나 불이익과 부당한 처우를 당하기도 하고, 때로는 열심히 노력하여 얻은 성과물을 날치기 당하거나 도둑을 맞기도 하며 일생 동안 쌓아온 공든 탑을 일순간에 잃기도 한다.

　승자는 그들의 논리로 패자를 지배하며 대다수의 사람들은 패자보다는 승자에게 박수와 환호를 보낸다. 따라서 승자가 되기 위하여 옳고 그름을 따지지 않고 온갖 수단들이 동원되고 행하여지게 된다. 승자가 되기 위한 행동이나 수단들에 올바른 방법들만 동원된다면 더할 나위 없이 좋겠지만 반드시 정의가 이기는 것은 아니듯이 옳지 못한 방법들을 동원하여서라도 이기는 자가 정의로운 자가 되는 것이 사람들이 살아가는 현실이기 때문에 이기기 위하여 파당(派黨)을 만들어 패거리가 동원되기도 하고 뇌물과 금품이 오가며 온갖 지략과 권모술수가 난무하게 되는 것이다.

　사람이 행하는 그릇된 수단이나 방법들이 일시적으로 혹은 자신의 생애 동안에는 승자의 힘으로 묻히고 속여서 덮어 갈 수 있을지는 모르지만 그가 행한 일들은 언젠가는 반드시 밝혀지게 된다. 마치 태양은 변함없이 빛과 열을 보내고 있지만 그 빛과 열을 구름이 가려서 어둠을 만들듯이 오랜 역사의 흐름 속에서 본다면 극히 짧은 순간에만 많은 사람들의 눈을 가리고 어둡게 하였을 뿐, 영원한 것은 없다. 일시적으로 빛을 가리던 구름은 오래가지 못하고 어느 순간 불어오는 바람에 실려서 흘러가고 말지만 태양은 늘 그 자리에 있어서 구름이 걷히고 나면 밝은 빛을 드러내듯이 옳지 않은 수단과 방법들을 동원하여 일시적으로 승자의 위치에 선다고 하더라도 언젠가는 진실이 드러나게 된다. 태양처럼 진실은 언제나 그 자리에서 옳고 옳지 않음을 판단하고 있기 때문이다.

# 이기려고만 하지 마라

　나이가 들어갈수록 굳이 이기려고 하지 말아야 한다. 매사를 이기려고만 하거나, 다른 사람의 말은 듣지도 않고 자기주장만을 내세우다 보면 주위에서 사람이 멀어져가고 기피 인물이 되어 자신만 외로워지기 쉽다.

　젊어서야 남들보다 한 걸음 앞서 나가기 위하여 열심히 노력하고 많이 뛰어야 하는 것이 당연하다고 하겠지만 나이가 들어 치열한 경쟁에서 물러나 인생의 황혼을 걸으면서 무엇을 욕심내고 힘에 겨운 경쟁을 하거나 다투려고 할 필요가 있는가. 그동안은 바쁘게 열심히 살아왔으니 노년의 여유를 즐기면서 주변을 둘러보고 쉬기도 하면서 베풀거나 나눌 만한 것이 있으면 나누기도 하고 마음이 맞는 사람들과 어울려가며 살아가는 것이 행복하고 현명한 삶이 아닐까.

　굳이 이기려고 아락바락 스트레스를 받아가며 살지 말

고 만나는 모두를 이웃 삼고 친구 삼아 즐거움을 나누며 살아가는 것이 행복이다. 가졌으면 얼마나 많이 가졌고 배우고 익혔으면 얼마나 많이 알고, 잘나갔으면 얼마만큼 잘나갔었는데? 따지고 보면 다른 사람과의 상대적인 비교일 뿐 아무것도 아니다. 아무것도 가져가는 것 없이 모두를 두고 간다.

성격에 따라서 차이는 있겠지만 젊어서 고속 승진을 하고 벼락출세를 한 사람이거나, 공부를 많이 하여 사회적인 인지도가 높고 명망이 있거나, 재산을 많이 가져서 부귀를 누리는 사람일수록 독선적이거나 고집이 세며 매사를 이기려 하고 안하무인(眼下無人)적인 행동과 말이 많아 다른 사람을 무시하는 경향이 있으며, 지배를 하려 하고 양보를 하거나 배려하는 마음이 부족한 성격의 소유자가 많다.

이기적인 사람일수록 자기주장을 강하게 나타내고 잘못한 일이 있더라도 사과를 하거나 자신의 과오를 인정하는 데 인색하며 궁지에 몰리거나 입장이 곤란해지면 나이 등의 사회적인 통념을 내세워서라도 이기려고만 하는 사람이 있고, 학력이나 직업적으로 콤플렉스를 가진 사람들 중에서도 자신을 강하게 내세우고 억지 주장을 펴거나 양보를 하지 않으려는 사람이 있는데, 그런 사람의 주변에서는 사람들이 멀어져가고 만나기를 싫어하기 때문에 자신만 외로워지기 쉽다.

재물이 아무리 많으면 무슨 소용이 있겠는가. 자신을 위하여 베풀어라. 아낀다고 주위의 사람들에게 주머니를 닫고 있으면 오히려 손가락질만 받게 되고 갖지 않은 사람보다 못한 대접을 받거나 주변에서 사람들이 멀어져간다. 아무리 높고 권력이 있는 지위에 있었더라도 그 자리에서 물러난 지금은 다른 사람이 차지하고 있을 뿐 자신의 자리는 아니라는 것을 알고 겸손과 친해야 한다. 겸손은 사람을 모으는 멋진 도구요 방법이다. 재물이나 권력을 쫓아 모여든 사람들은 기대가 사라지면 등을 돌리고 멀어져가지만 마음으로 모인 사람은 어려울수록 더욱 모여들게 되는 것이 세상의 이치다.


부부 사이에 있어서도 마찬가지로 젊어서는 그렇게 잘하던 부부도 퇴직을 하거나 일손을 놓고서 집에 있으면 어느 날부터인가 귀찮아하고 잔소리와 짜증이 늘어나게 되어 다투는 사람들이 많다. 부부간에 서로가 이기려고 하거나 지배를 하려고 하지 않는다면 그런 일은 일어나지 않겠지만 양보 없는 권리와 자기주장만 내세운다면 다툼의 불씨가 된다. 나이가 들면 보호를 하는 입장이 아니라 보호를 받아야 하는 대상임을 알아야 한다. 젊은 날만을 생각하고 양보할 줄 모르고 이기려고만 하거나 지배하려 하고 성질을 부린다면 상대가 싫어하고 마음이 멀어져간다.

　서로가 배려하고 존경하면서 사소한 일이라도 도우며 어려움이 있으면 함께 의논하고 풀어나가면 다툴 만한 일이 일어나지 않는다. 젊어서는 서로가 잘살기 위하여 열심히 일하고 자식을 낳아 키우면서 주변을 돌아볼 겨를조차 없었지만 나이가 들어 생활에 여유는 생긴 반면에 자식들은 품속을 떠나갔는데 몸은 여기저기 아픈 곳이 생기기 시작하고 마음대로 되지 않는 데다 만나는 사람도 한정되어 있으니 혼자만의 시간이 많아지므로 지난날을 뒤돌아보게 되어 이런저런 일들이 생각난다. 서로가 잘해주고 사랑했던 기억보다는 가슴 아프게 했거나 섭섭하게 했던 기억들이 되살아나면서 괘씸하다는 마음을 품게 되어 다투는 일이 자주 일어난다. 젊은 시절 별다른 의미 없이 던진 말 한마디는 말할 것도 없고 무심코 저질렀던 행동들이 부메랑처럼 다가오는데 그것도 한두 번이 아니라 시도 때도 없이 돌아오니 자연스럽게 어린아이들처럼 아무것도 아닌 것을 가지고 마음을 상하는 일이 생기고 황혼이혼이다 뭐다 하는 더 큰 문제로까지 커지게 되는 것이므로 절대로 이기려고 하거나 군림하려고 하지 말아야 한다.

여유 있고 보람된 여생을 보내려면 몰두할 수 있는 취미를 가지는 것도 좋은 방법이다. 재미있는 일이 있으니 짜증낼 일이 없고 생활이 즐거우니 다툴 일도 자연히 없어진다.

일상적인 잔소리나 짜증들을 호르몬 등의 신체적인 생리 현상에서 오는 자연적인 현상으로 받아들이고 "당신 덕분에 이만큼이라도 살아왔지 않았느냐, 정말로 고맙다. 그동안 수고가 많았다" 하고 서로가 격려와 칭찬을 아끼지 말고 부부가 손을 마주 잡고 자주 가벼운 산책이라도 하면서 의사를 소통하고 마음을 나누어야 한다.

친구 사이에도 자신의 말만 많이 하면서 주장이 강하고 이기려고만 하는 사람은 자연스럽게 멀리하게 된다. 모두들 살 만큼 살아왔기에 나름대로의 경험과 자부심이 있다. 누군가의 자랑이나 주장, 복잡하고 머리 아픈 이야기는 싫어한다. 차라리 농담 한마디가 더 효과적이다. 과거에 직장에서 상관이었다고 퇴직을 하고서도 상관은 아니다. 현실을 알아서 스스로가 처신을 잘해야 존경을 받고 주위에 사람이 모인다.

특별한 경우는 예외로 하고 일반적인 삶을 살아가는 사람들의 경우에 나이가 60을 지나고 70~80을 넘어서서 노인이 되면 많이 배우고 많은 것을 가지고 누렸던 사람이거나 평범한 삶을 살았던 사람이거나 모두가 같아진다. 굳이 자신을 내세워서 이전에 어디에서 무슨 일을 하였는데 하는 식으로 내세우려 하지 마라. 인정하고 우러러보아주는 사람은 없다. 건성으로 들어주고 알은체를 할 뿐으로 반복하여 말하거나 같은 말을 되풀이하게 되면 만나는 사람이 줄어들게 되어 자신만 손해다. 살아온 삶이 다르듯이 전문분야와 경험이 다른데 굳이 다른 사람의 자랑에 귀를 기울일 사람은 없다.

사람의 욕심은 한계가 없는 것이어서 자신의 일을 가지고 야심 차게 추진을 하면서 더 많은 것을 누리거나 갖고 싶은 바람은 커져가지만 욕심은 어디까지나 욕심일 뿐이고 몸이 그만하라 하고 말을 듣지 않으니 어떻게 하겠는가. 자연의 섭리에 순응하고 따르는 것이 현명한 처신이다.

자녀나 주위의 도움을 전혀 받지 않고 자신의 발과 다리로 어느 곳이든지 마음대로 다니면서 눈으로 볼 수 있고 팔과 손을 움직이면서 귀로써는 남의 소리를 불편함이 없이 잘 듣고 잘 먹고 배설을 잘할 수 있는 건강을 유지하면서 주위 사람들에게 열어줄 수 있는 주머니 사정이 되는 위에 자녀들로 인하여 걱정을 하지 않을 정도만 된다면 그 이상으로 바랄 것이 없는 축복받은 삶이 아닐까.

# 법은 모든 국민에게 평등하여야

모든 법규는 기본적으로 공공의 안녕과 질서를 유지하면서 사회적 약자를 보호할 수 있도록 제정되고, 모든 사람에게 공정하게 집행이 되어야 한다고 생각한다.

법률에 의한 판결보다는 주관적인 감정과 자신의 이념이나 친분, 외압(外壓)이나 로비(lobby) 등의 차이에 따라서 판결을 내리고 형량을 정하는 극히 일부의 법 집행자들로 인하여 '유전무죄(有錢無罪) 무전유죄(無錢有罪)'라는 말이 나오는가 하면 법질서가 제대로 확립되지 않아 공권력이 권위를 잃고 수난을 당하거나 선량한 다수의 사람들이 어려움을 겪고 사회 질서가 바로 서지 못하고 비틀댄다.

같은 범법 행위를 저질러도 권력이나 재물, 인맥이 있으면 쉽게 법망을 벗어나지만 그렇지 못하면 준엄한 법의 심판을 받게 되며 흉악한 범죄를 저질러도 술에 취하였다거나 혹은 약물 복용이나 정신 질환 등의 이유를 대면 중형을 내리기보다는 감형을 받고, 선거에서 검은 거래가 이루어지더라도 힘의 역학에 따라서 형량이 정하여지거나 부정한 행위를 하여 당선이 되더라도 이런저런 이유를 대어 감형을 받거나 그 임기를 거의 채울 수 있게 판정을 더디게 함으로써 선량한 국민을 열 받게 만드는 법정을 '재판소'라 하지 않고 '개판소'라고 부르게까지 되었으니 돈 없고, 힘없고, 배경 없는 사람과 억울하게 피해를 당한 사람들은 누구를 믿고서 안심하고 살아갈 수 있겠는가. 사람에 의한 법의 집행이 아니라 법률에 의한 집행이 정의롭고 건전한 사회를 만드는 초석(礎石)이라 생각한다.

정당하고 성실한 기업 경영보다는 개인 치부를 우선으로 놓고 기업의 자산으로 비자금을 조성하고 몰래 빼돌리며 편법 경영을 일삼는 비양심적인 경영자, 부정을 저지르고서 법이 심판하려 하면 정치 탄압으로 몰아세우거나 자신이 저지른 부정은 로맨스이고 다른 사람이나 상대방이 저지른 부정은 비리로 몰아붙이며 엄연한 법이 존재하고 있는데도 불구하고 유불리에 따라 선거구나 투표 시간 등을 게리멘더링(gerrymandering)으로 바꾸려는 몰염치한 정치가, 열심히 땀을 흘려가며 일하기보다는 사기나 도둑질 등으로 쉽게 치부를 하려는 사람들, 어린이나 약자를 대상으로 자신의 성적 욕구를 충족시키고서도 죄책감을 느끼지 못하는 인면수심의 성범죄자들, 불만을 해소하거나 표출하는 수단으로 국가의 중요 시설물이나 문화재에 불을 지르거나 훼손을 스스럼없이 저지르는 정신이상자들, 이러한 범법자들이 저지른 범행을 징벌하기보다는 자신의 입장을 우선으로 함으로써 법이 가진 본연의 의미나 목적을 무력화시키는 법 집행자들의 그릇된 행위는 선량하게 살아가는 많은 사람들이 고통을 당하고 위협을 느끼면서 정부를 신뢰하지 못하게 만든다.

법을 너무 엄격하게 적용함으로써 국민의 생활을 불편할 정도로 규제하거나 법이 통치의 수단이 되어서는 안 된다. '엄한 법은 범[虎]보다 무섭다'고 할 정도로 국가의 법이 지나치게 엄격하기만 하다면 오히려 국민이 고통을 당하고 원망하는 마음이 커지게 된다. 따라서 법은 대다수의 국민이 안심하고 행복을 누리면서 살아갈 수 있게 제정되어야 하고 국민 모두에게 평등하게 집행이 되어야 한다.

※고대 중국에서 열강들이 난립하여 패권을 다투며 대립하였던 춘추전국시대에 약소국이었던 진(晉)나라가 강력한 법치를 실현함으로써 후일 중국을 통일하는 데 초석을

다진 정치가로서 법가(法家)를 대표하는 인물인 상앙(商鞅: BC 390 ~ BC 338)은 그의 신념에 따라 강력한 법을 제정하여 시행함으로써 국력은 크게 신장시켰으나 너무나 가혹한 법의 집행으로 국민의 원성을 사게 되었고 그를 신임하던 왕이 죽고 그 아들이 왕위를 이어받아 힘을 잃게 되자 자신이 만든 법에 묶여 어려움을 겪다가 다섯 마리의 소에 매여 몸을 찢기는 오우분시(五友分屍)의 형을 당하고 말았다.

그렇다고 하더라도 법질서 자체를 무력화하는 행위를 하는 자에게까지 관용을 베푼다는 것은 문제가 있다. 집단 행동으로 법질서 자체를 무력화하고 국민의 세금으로 마련한 경찰 차량과 장비를 파손한다거나 자신의 잘못으로 법의 규제를 당하자 중장비를 동원하여 경찰이 근무하는 파출소를 부수고 순찰차를 파손하여 국가 재산에 위해를 가한다거나 술에 취하여 난폭한 행위를 하기가 예사이고 이유 없이 이웃이나 다른 사람을 향하여 위협을 가하고 폭언을 일삼는가 하면 아무런 죄의식 없이 사람의 목숨을 해치는 행위들에 대하여도 법이 관용을 베풀어야 할까. 법과 질서는 그 자체가 규제나 불편을 주기 위하여 제정되고 집행되는 것이 아니라 대다수의 국민이 안심하고 행복한 생활을 누릴 수 있도록 하기 위하여 존재하는 것이며 올바르게 집행이 되어야 한다.

젊음을 바쳐서 열심히 공부하여 고시에 합격하고 사회 정의를 실천하고자 범법 행위를 심판하고 법을 집행하는 자리에 앉았다면 자신의 입장이나 이익도 중요하지만 공직무사(公職無私)의 신념으로 법규에 따라 판단하고 집행을 함으로써 대다수의 선량한 국민들이 안심하고 안전하게 생활을 할 수 있도록 할 의무가 있다.

어려운 취업난에 공무원이 인기 직종이라고 하는데, 무릇 공무원이라면 자신의 이익보다는 공익을 우선으로 하는 멸사봉공(滅私奉公)의 자세가 기본이 되어야 한다. 많은 돈을 벌고자 한다면 공직자가 되지 말고 사업가가 되어야 한다. 공직자가 개인의 판단이나 근친의 정도, 내외부의 환경 등에 따라서 업무를 수행하게 되면 당장은 표가 나지 않을지 몰라도 사회 전반의 질서가 어지럽게 되고 나아가서 사회 기강이 바로 서지 않아 나라를 망하게 하는 요인이 된다는 것은 인류의 오랜 역사를 통하여 알 수가 있다. 아무리 부강한 국가일지라도 공직자가 부패하면 민심의 이반이 일어나고 사회 기강이 해이해지게 되어 국력이 약화되기 때문이다. 따라서 법을 집행하는 사람들이 부정에 물들지 않아야 하며, 어렵기는 하겠지만 권력에 굴하지 않고 모든 국민에게 평등하게 법을 적용하고 정당하게 수행을 한다면 신뢰받는 건강한 사회, 부강(富強)한 국가가 될 것이라 생각한다.

소크라테스가 사형을 선고받자 그를 도우려는 사람들이 탈옥을 권유했지만 그는 탈옥을 하지 않고 '악법도 법이다(Dura lex, sed lex. 법은 엄하지만 그래도 법이다.)'라는 말과 함께 독약을 마시고 죽었다고 알려지고 있는데, 이것은 아무리 불합리한 법일지라도 법은 지켜야 한다는 의미일 것이다.

※ 金丘庸 옮김 「東周列國志」 제8권 참조

# 인간관계

우리는 일생을 통하여 수많은 사람들과 만나고 헤어지기도 하면서 살아간다. 만나고 헤어지는 다양한 사람들과 어울려가면서 좋아하고 미워하기도 하면서 살다 보면 때로는 억울하고 어려운 일을 당할 수도 있지만 그래도 다른 사람들과 더불어 살아갈 수 있어서 좋은 날과 행복한 날이 더 많다.

세상을 혼자서 살아간다고 가정을 해보자. 얼마나 외롭고 재미없는 삶이 되겠는가? 다른 사람이 있음으로 인하여 더불어 살아가는 내가 행복하다. 아무도 없는 외딴곳에서 혼자 살아간다면 마음먹기에 따라서 권력자도 되고 갑부도 되고 자신이 되고 싶어하는 모든 것이 될 수 있다. 왜냐하면 자신 이외에는 아무도 없으니까. 그렇지만 너무도 재미가 없을 것이다. 지지고 볶고 다투고 미워하며 살더라도 많은 사람들과 어울리며 살아가는 삶이 진정으로 행복한 삶이다.

좋은 일, 보람 있는 일을 하여 칭찬과 박수를 받아도 다른 사람이 있어서 찬사를 받는 것이며, 욕을 들어도 다른 사람이 있으므로 좋지 않은 소리를 듣게 되는 것이다. 더 많이 가졌다거나 지위가 높고 권력이 있고 명예가 있다는 것은 다른 사람들이 있기 때문에 그들과 비교한 상대적인 개념일 뿐으로 실상은 아무것도 아니다. 모든 것은 마음먹기에 달렸다.

태어날 때 부모와 자식의 관계를 시작으로 형제·자매가 되고, 성인이 되어 각기 다른 환경에서 살아온 남자와 여자가 아름다운 인연으로 만나서 부부라는 관계를 맺어 가정을 이루고 가족이라는 이름으로 서로를 의지하고 사랑하며 여생을 함께 살아가면서 자식을 낳고 길러서 새로운 가족관계를 이루어나간다. 가족 관계를 기본 단위로 친척과 이웃을 비롯하여 성장함에 따라 생활의 범위가 넓어지고 살아가는 수단과 방식이 다양해짐으로써 인연을 맺는 사람들도 많아지게 된다.

살아가면서 맺어지는 단체나 집단을 매개로 형성되는 관계는 어릴 때 함께 놀며 자라던 어깨동무 친구를 비롯하여 문밖으로 나서면 만날 수 있는 이웃을 시작으로 학교라는 특수한 조직을 통해 사제(師弟) 간이나 동급생과 선후

배 관계가 이루어지며, 종교(宗敎) 생활을 통하여 맺어지기도 하고, 직장에서의 동류와 상하 관계, 같은 연배, 같은 지역, 동문(同門), 같은 성씨, 직업과 관련하여, 자신의 이익이나 목적에 따라서 혹은 이념을 같이하는 각종 단체 등 여러 가지 이유로 다양하고 자연스럽게 형성되는 것으로 우선은 거리상으로 가까운 위치에서부터 먼 곳으로 점차 확대되어 나가게 된다.

이웃은 말할 것도 없고 머나먼 타국에 거주하는 사람까지도 여러 가지 이유와 사연을 지니고 교류를 하게 되며, 만난 적이 없음에도 불구하고 서로 간에 친밀하게 교분을 주고받거나 여러 가지 다양한 형태와 방식으로 인연을 맺기도 한다. 이러한 인연들은 주어진 입장에 따라서 가까워지거나 멀어지기도 하는데, 다양하고 복잡한 관계들은 본인의 의사에 따라서 맺어지기도 하지만 자신의 의사와는 상관없이 이루어지기도 한다.

이처럼 복잡하고 다양하게 맺어진 인연들은 서로를 돕고 아끼며 부족함을 채워주면서 상생의 아름다운 생활을 영위하게 함으로써 행복과 보람을 느끼게 하지만 때로는 서로에게 시련과 고통을 주고 상처를 남기는 좋지 않은 결과를 낳기도 하면서 각자의 삶을 장식하고 살아가는 가치와 의미를 구성해나가는 동력이 된다. 자신에게 주어진 시련을 슬기롭게 극복함으로써 삶을 풍요롭고 가치 있게 가꾸어나가는 사람이 있는가 하면 시련 앞에 무릎을 꿇고 허무와 허탈의 비참한 삶을 꾸려가거나 삶 자체를 포기하기도 한다.

수많은 사람들이 서로가 교류를 통하여 만나거나 인연을 맺고 살아가는데 이러한 관계들은 사람들의 개성만큼이나 복잡하고 다양하다. 사회생활을 하다 보면 어떤 이들은 동료들 사이에서 소통을 잘하여 인기가 있으며, 어떤 이들은 상사와의 관계를 잘하여 인정을 받고, 어떤 이들은 많은 사람들로부터 존경과 신뢰를 받기도 한다. 매사(每事)를 긍정적으로 생각하고 살아가는 사람이 있는가 하면, 모든 것을 부정적으로 보고 불만과 불평을 일삼으며 살아가는 사람도 있다. 다른 사람에게 호감을 갖고 칭찬과 격려를 하면서 살아가는 사람이 있는 반면에 모함과 험담을 일삼고 헐뜯기만 하면서 살아가는 사람도 있다. 지나칠 정도로 신중하게 행동하는 사람이 있는가 하면, 저돌적으로 밀고 나가는 사람이 있고, 땀의 가치를 알고 열심히 욕심내지 않는 삶을 살아가는 사람이 있는가 하면, 일확천금을 노리고 한탕주의로 살아가는 사람이 있고, 약한 사람과 불쌍한 사람을 보면 도와주는 사람이 있는가 하면, 그들을 이용하여 자신의 욕심을 챙기는 사람도 있다.

　내가 아니면 안 되므로 모든 것을 직접 확인하고 챙겨야만 마음이 놓이고 안심이 되며 다른 사람을 신뢰하지 못하는 사람이 있는가 하면, 전적으로 다른 사람을 믿고 맡기는 사람 등 각자의 개성이나 성격은 다르지만 공통의 분모를 찾아 질서와 균형을 유지하고 살아가는 것이 인간 사회다.

　대인 관계마저도 철저하게 따지고 계산하여 자신에게 유리하거나 이익이 되면 유지를 하지만 그렇지 않으면 외면을 하거나 등을 돌리고 친밀하게 지내던 사람일지라도 효용 가치가 별로 없다고 판단이 되면 돌아서버리는 것이 일반적으로 살아가는 사람들의 방식이기는 하지만, 현재의 위치만 보고서 사람을 평가하거나 친교를 맺고 극히 계산된 관계를 유지하며 마치 자신이 실권자나 된 듯이 행동하면서 오늘 힘 있는 위치에 있는 사람이 물러나고 그 아래에서 실무를 맡아보던 사람이 내일은 실권을 쥘 수 있다는 것을 생각하지 않고 행동을 하는 사람도 있다. 어린이가 자라서 어른이 되듯이 오늘의 아랫사람이 내일에는 힘을 발휘하는 상관이 될 수 있다는 것을 알아야 한다.

　작은 이익에 눈이 멀어 보다 큰 이익을 놓치는 어리석은 삶을 살거나 오늘 내가 좀 가졌다고 어제의 나를 잊고 거만하게 살아가거나 남을 무시하는 행동을 하여서는 안 된다. 권력과 돈은 돌고 도는 것으로 흐르는 물과 같아서 잠시 내가 이용하고 있을 뿐 영원한 것이 아니다. 지금은 내가 가졌지만 언제 누구에게로 넘어갈지 모르는 것이므로 항상 조심하고 가졌을 때 많이 베풀고 잘해야 한다. 내가 가졌을 때 욕심내고 으스대며 잘못 이용했는데 다른 사람에게 갔을 때 이용을 잘한다면 누구에게 찬사와 축복이 가겠는가? 인간관계란 그런 것이다.

새로운 출발을 하면서

정당하지 않은 재물에 욕심내지 말아야

선거의 계절에

선거의 계절에 (국회의원 배지)

**선거의 계절에 (익선관)**

**선거의 계절에 (임금의 관)**

올바른 처신의 잣대, 기기

좋은 책을 읽자

행복의 잣대

어리석은 사람은
이익을 탐하고
명예나 존경을 바라며
스스로 질투를 일으키고
공양 받기를 바란다

법은 모든 국민에게 평등하며

166

인간관계

# 2. 여행의 도중

# 가을 여행

가을에는 기차를 타고 여행을 떠나보자. 빠르고 급하게 달리는 고속열차보다는 역마다 쉬었다 가는 완행열차를 타고 느긋하게 마음의 여유를 갖고서 떠나는 여행이 한결 낭만이 있고 정겹다.

빠르게 달리는 말(馬)을 타고 떨어지지 않으려고 고삐를 말아 쥐고 긴장을 하면서 달리지 말고 소(牛)를 타고 천천히 유유자적(悠悠自適)하면서 산천경개(山川景槪)를 감상하고 즐기던 옛 선비의 마음으로 바쁜 일상을 벗어나 참다운 나를 느껴보자.

아무리 즐겁고 좋은 여행도 배가 고프면 힘이 빠지고 지쳐서 재미가 없으니 물과 간식거리 정도는 챙겨서 배낭에 넣고 간단하게 메모할 수 있는 필기구와 사진을 찍을 도구가 있으면 족하다. 좋아하는 사람과 동행이라면 여행의 즐거움은 더해진다.

바쁠 것 없이 철거덕거리며 천천히 달리니 창밖으로 보이는 경치를 즐길 수 있어서 좋고, 웬만한 마을이 있는 역마다 멈추었다 떠나니 창밖으로나마 마을 구경을 할 수 있어서 괜찮고, 마음에 와서 닿는 풍경마다 사진으로 추억을 남길 수 있어서 좋고, 승용차와는 달리 앞지르려고 경쟁을 하지 않고 길이 막히지 않으니 짜증날 일이 없어서 더욱 좋다.

　역마다 들러서 사람들이 내리고 오르는 것을 보면서 사람마다 살아가는 저마다의 모습들을 느끼며 즐기는 것도 재미있고, 시골 정거장에서는 허리 굽어진 할머니가 힘겹게 끼고 있는 짐 보따리를 들어주는 역무원의 친절이 있으며, 아주머니들이 나누는 세상 사는 이야기는 지역마다 각기 다른 억양으로 왁자지껄 소란스럽고, 배낭을 짊어지고 예쁘게 단장한 아가씨랑 총각들이 무리를 지어 웃음 가득한 모습으로 즐겁게 이야기 나누며 어딘가를 향해서 여행하는 모습들도 보기가 좋다.

　보채는 아기를 달래며 땀을 훔치는 젊은 아낙의 힘들어하는 모습에서 어릴 적 나를 키우며 힘들어했을 어머니의 모습을 그려보기도 하면서, 오락기에 정신이 팔려 서로 차지하려고 다투는 어린 형제와 부모의 꾸지람도 아랑곳하지 않은 채 의자를 타고 넘으며 왔다 갔다 뛰어다니고 온통 정신없이 설쳐대는 아이들에게도 짜증내지 말고 그저 성장을 해가는 과정이거니 즐기면서 낯선 고장을 만나면 낯선 말씨를 접하고 낯선 얼굴을 만나면 낯선 인심도 덤으로 즐겨보자.

달리는 차창 밖으로 황금빛 들녘마다 배부름의 풍요가 넘실댄다. 들을 만나면 누렇게 익어가는 벼들이 부지런한 농부의 손길을 기다리며 고개를 숙인 채 일렁이는데, 봄부터 한여름을 농부가 흘린 땀의 양만큼 들판이 말을 해준다. 땀을 많이 흘린 농부의 논에서는 피 한 포기 없이 벼들이 알차게 여물어가지만 땀을 적게 흘리고 피사리를 게을리하거나 병해충 구제를 게을리한 농부의 논에서는 피와 벼가 다투기라도 하는 듯이 수확량을 가늠하기 어려울 정도로 섞여서 익어간다.

산을 만나면 골짜기 산비탈을 타고 다닥다닥 층을 이룬 다랭이논에서 잘 익어가는 벼들의 색깔이 햇빛에 반사되어 세상 그 무엇보다 풍요롭고, 아름다운 경치를 만들어내며 탐스럽게 익어가는 감이며 밤[栗], 대추, 사과, 배, 모과 등 온갖 과실이 수확의 손길을 기다리고 저마다의 색상을 뽐내며 물들어가는 나뭇잎들이 온 산을 아름다운 모습으로 단장해나간다.

강을 만나면 산골짜기를 감아 돌고 들길을 따라서 흘러가는 강물을 따라 산이 비치면 산영(山影)을 담고, 들을 만나면 들을 감아 보듬고, 하늘이 내리면 새파란 하늘에 떠있는 구름들을 그리면서 급할 것 없이 유유히 흐르는 강물이 여유롭고 평화스럽다. 이를 들어 옛사람들이 '천강유수(千江流水) 천강월(千江月)'이라 했던가.

바다를 만나면 무수히 많은 은구슬을 뿌려놓은 듯 반짝이는 물결을 배경으로 한가롭게 떠 있는 배 위에서 그물질을 하는 어부의 모습이 한 폭의 멋있는 그림으로 다가온다. 높은 하늘에는 새파란 바탕에 하얀 구름들이 뭉게구름, 새털구름, 양떼구름, 코끼리를 그리고 토끼를 그리고 용(龍)도 그려내며 사람의 솜씨로는 흉내조차 내기 어려운 온갖 형상들을 그렸다가는 지우고 또 새로운 그림을 그렸다가 지우기를 쉬지 않고 되풀이하면서 여행하는 이의 상상력을 끝없이 이끌어간다.

시골집 마당에는 멍석을 깔고 앉아 새빨간 고추를 손질하는 아주머니와 콩 타작에 바쁜 손을 놀리는 할머니의 손길이 가을을 재촉하고, 담장 너머 노랗게 익어가는 감이며 모과 향기가 차창 안으로 스며드는 듯하다.

가을걷이가 한창인 들판에는 분주한 농부의 모습과 더불어 누렇게 익은 벼를 베어 넘기는 콤바인에서 흘러내린 볏짚이 논바닥을 뒤덮고, 벼를 거두어낸 논바닥엔 베일러로 뭉쳐진 짚더미가 드문드문 뒹굴고, 수확을 기다리는 벼논의 저편에는 군데군데 하얗게 핀 메밀꽃이 가을을 손짓하며 부르고 있다.

코스모스 축제가 한창인 하동북천역에는 흐드러지게 들판을 물들인 꽃밭 사이로 꽃 색깔에 묻혀서 짙어가는 가을을 즐기며 웃음 가득한 얼굴로 추억 남기기에 여념이 없는 인파로 사람이 반이요 꽃이 반인 듯하다.

검지와 가운뎃손가락을 벌려서 얼굴에 붙이고 예쁜 모습으로 사진기 앞에서 자세를 잡는 아가씨, 정겹게 팔짱을 끼고서 즐거운 이야기라도 나누는 듯 걸어가는 중년 부부, 서로의 허리를 껴안고서 온 세상을 다 가지기라도 한 것같이 얼굴 가득히 웃음꽃을 피우는 젊은 연인들, 할아버지, 할머니, 아버지, 어머니, 손자, 손녀 다복해 보이는 나들이 가족, 아름다운 경치를 카메라에 담기 바쁜 사진가, 헤아릴 수 없이 많은 사람들이 저마다의 취향으로 넓게 펼쳐진 꽃밭 사이를 누빈다.

잠간 머물렀던 기차는 다음 행선지를 향하여 철길 위를 미끄러져 가는데 달려가는 길목마다 각기 다른 경치들이 저마다의 모습으로 다가오고 물러난다. 논에는 벼들이 가을의 따가운 햇살을 받아 기분 좋게 익어가고 논길을 오고 가는 농부의 발걸음은 결실의 보람으로 넘쳐난다. 이 벼를 거두어서 부모님 잘 모시고 아들과 딸 장가 시집 보내고, 그 아래 녀석들의 공부 밑천을 만들고 한 해 동안 함께 수고한 마누라랑 관광이라도 다녀와야겠다는 설계라도 하는 듯 발걸음이 가볍게만 느껴진다.

들판 가득 눈이 부시게 채우고 있는 저 벼들을 거두어들이고 나면 또다시 보리와 밀 갈이가 시작되고 하얗게 피어 있는 메밀꽃도 머지않아 새까맣고 각진 씨알을 익히고 농부의 일손을 바쁘게 맞이하겠지. 콩, 팥, 땅콩, 고추… 달리는 차창 밖으로 아름다운 풍경을 연출하며 농촌의 들녘을 가득히 메우며 가을을 장식하고 있는 농작물들이 농부의 바쁜 손길을 기다리고 있다.


골짜기를 지나고 터널을 거치고 강물을 건너서 정거장마다 부지런히 달리던 기차에서 내려 순천만 갈대숲에 들르니 아직은 푸름이 가시지 않은 드넓은 갈대숲 사이를 방부목으로 만들어놓은 길을 따라 수많은 사람들이 가을을 가슴 가득 느끼면서 밀려가고 밀려온다.

갈대숲 사이 갯벌 바닥에 숭숭 뚫린 구멍마다 크고 작은 도둑게가 호기심 많은 개구쟁이 아이들과 놀아보자고 나오고 들어간다. 재미난 아이들이 갈대꽃을 꺾어서 작은 게들을 유혹해보지만 어림도 없단다. 물 고인 개펄에는 눈만 붙은 짱뚱어가 팔짝팔짝 뛰면서 작은 게들과 장난하며 놀고 있다.

사람들의 물결을 따라 밀리듯이 갈대숲을 지나 나지막한 용산전망대에 올라서니 순천만의 아름다운 경치가 한눈에 들어오는데, 갈대숲 사이로 구불구불 꺾어 흐르는 물길과 육지의 끝머리에 개펄과 연접하여 동글동글한 갈대밭이 마치 뛰어난 조경사가 정성을 기울여 꾸며놓기라도 한 것처럼 아름다운 모습으로 바닷가를 수놓고 있다.

물과 갈대숲 그리고 하늘을 날아다니는 새들을 뒤로하고 차량의 물결에 밀려서 힘겹게 순천만 갈대밭을 빠져나와 돌아오는 완행열차 차창 밖으로 서산에 기우는 햇빛이 빚어내는 산과 들의 경치… 감히 무어라 표현조차 할 수 없는 숨이 막힐 정도로 멋진 모습. 하루의 일과를 마치고 떨어져 내리는 태양이 그려내는 낙조(落照)가 어찌 그리 아름다운지….

사람들은 보금자리를 찾아가기에 분주하겠지만 하늘에 떠 있는 저 태양이야 바쁠 리 없으니 서산마루 그 자리에 좀 더 오랫동안 머물러주었으면! (2011.10.3.)

# 천만리(千萬里) 머나먼 길에

2009년 7월 12일. 전날에 억수같이 쏟아진 비 때문에 청령포 앞 서강(西江)에는 황토를 이겨서 풀어놓기라도 한 것처럼 누렇게 흐린 강물이 마치 성난 황룡이 포효하며 울부짖는 듯이 바위와 벼랑의 암벽에 부딪치고 휘돌면서 거친 숨결을 내뿜으며 앞길을 막는 그 무엇이든 집어삼키기라도 할 것 같은 사나운 기세로 굽이쳐서 흘러내리고 있다.

불어난 강물로 인하여 배를 띄우지 않아 단종의 애절한 숨결이 남아 있는 장소에는 건너가지 못하고 무섭게 굽이쳐 흐르는 강물 저편에 숲을 이루고 지금은 관광객만이 오고 가는 슬픈 역사의 현장을 바라보고 서 있으니 문득 아무런 감정 없이 읽고 외운 한 편의 시가 가슴 아리게 다가온다.

천만리(千萬里) 머나먼 길에 고운 님 여의옵고
이 마음 둘 데 없어 냇가에 앉았으되
저 물도 내 안 같아야 울어 밤길 예놋다.

이렇다 할 감동이나 느낌도 없이 단순히 멋으로 외우고 기억했던 한 편의 시조에 너무나 애절하고 비정했던 권력 마당의 어두운 배경이 있었다는 것을 당시에는 상상조차 하지 못하였다. 그저 어느 글재주 있는 한량이 기생들과 어울리고 놀면서 마음에 드는 여인의 환심(歡心)을 사고 풍류나 즐기려고 지은 글 정도로만 여겼을 뿐이다.

삼촌인 세조가 나이 어린 조카 단종의 자리를 빼앗은 후에 성삼문 등 사육신(死六臣)을 중심으로 하여 세조를 제거하고 단종을 복위시키고자 한 움직임이 발각되자 1457년(세조 3)에 폐위된 상왕(上王=단종)은 노산군(魯山君)으로 강등되어 강원도 영월(寧越)로 유배의 길을 떠나게 되었다. 이후 단종에게 사약이 내려져 그 사약(賜藥)을 가져간 사람이 의금부도사 ※왕방연으로 그는 차마 단종에게 사약을 선뜻 전달하지 못하고 괴로워했다고 하는데, 단종의 죽음을 보고 돌아가는 길에 자신의 울적하고 참담한 심정을 나타낸 것이 이 시조라고 한다.

여러 벌의 짚신을 삼아 짊어지고 산을 넘고 물을 건너서 험하고도 먼 길을 걸어서 가거나 말을 타고 이동을 해야 했던 시대에 한양에서 수십 일이 걸려야 갈 수 있는 강원도 영월까지 '천만리 머나먼 길'이요 영원히 다시 볼 수 없는 이별의 발길을 돌려놓으면서, 비록 신분의 차이는 있지만 개인적으로는 숙부에게 쫓겨나 목숨까지 잃은 힘없는 단종의 죽음을 보고 돌아서는 참담한 심정을 달래기 어려워 유배지가 보이는 맞은편 강가에 넋을 잃고 앉아서 북받쳐 오르는 자신의 감정을 그대로 그려내었으리라. 비록 군왕의 명으로 공무를 수행하고는 있지만 인간적인 감정까지도 숨길 수는 없었을 테니, 권력의 무상함을 생각할 때 비록 지금은 죽음의 길을 갔지만 나이 어린 군왕에 대한 동정과 애달픈 마음이야 오죽하였겠는가.

어떠한 글이나 음악과 그림 할 것 없이 우리가 만나는 모든 것들이 그 숨겨진 배경이나 의미 혹은 작가의 의도를 알고 보면 그저 그렇게 무의미하게 이루어진 것은 한 가지도 없다.

동서고금(東西古今)을 막론하고 정치와 권력은 비정하고 냉정하며 배신과 권모술수(權謀術數)를 자양분으로 하여 성장하고 진화해왔다. 정권의 유지를 위하여 골육상잔

(骨肉相殘)마저도 서슴없이 저질러지고 어제의 적이 오늘의 동지로, 오늘의 동지가 내일은 적으로 자리바꿈을 하는 것이 정치판의 속성으로 아무리 민주주의가 발달하고 국민에게 주권이 있다[主權在民]고 하여도 기만(欺瞞)과 갖은 권모술수(權謀術數)가 난무하고 권력은 국민 위에 군림하며 배신과 잔인함까지도 동원되어 비정함과 억울한 희생이 따르는 곳이 정치 마당이다.

힘없고 우둔한 군주를 등에 업은 모리배(謀利輩)들이 그들의 이익 챙기기에만 몰두함으로써 역사의 저편으로 사라져간 왕조는 얼마나 많았으며 아울러 국민에게 고통을 안겨준 권력자는 얼마나 많았던가. 이것을 오늘날에도 다르지는 않아서 국가 지도자가 현명하면 국력은 왕성해지고 국민의 행복 지수도 높아지지만 그렇지 못한 지도자가 통치하는 나라는 국민의 희생과 고통만 깊어진다.

어리고 나약하여 자칫 권신(權臣)들에 둘러싸여 제대로 뜻을 펼쳐보지도 못하고 힘없는 군주로 보냈을지도 모르는 단종보다는 힘 있고 야망과 패기에 넘치는 강력한 지도력을 가진 세조가 집권함으로써 건국 초기에 취약한 왕권이 강화되고 국력이 신장되었다고 볼 수 있을 것이다. 그렇지만 어린 조카를 머나먼 산간오지(山間奧地)로 유배를 보내고도 안심이 되지 않아 사약(賜藥)까지 내려야 할 정도로 왕권의 유지가 어려웠을까? 굳이 상왕의 유배나 사약까지 내리는 극단적인 방법을 택하지 않았더라도 합리적인 수단이 없지는 않았을 것인데…. 아쉬운 마음으로 청령포를 떠나 내리는 빗속에서 일행들과 함께 장릉(莊陵)을 찾아 한양에서 천만리 머나먼 길에 정치 마당에서 세상 물정도 모른 채 비정한 정치꾼들의 권력 다툼 사이에서 힘없이 이리저리 떠밀리다 어린 나이에 숙부가 내리는 사약을 받고 오랜 세월을 외로운 혼으로 잠들어 있는 비운의 주인공 단종을 만나고 돌아왔다.

세종대왕의 왕세손으로 군주의 운명을 타고났으면서도 군왕의 자리를 누려보지도 못한 채 짧고도 슬픈 일생을 살다간 단종. 1734년(영조 10)에 조성되었다고 하며 경상남도 사천시 곤명면 은사리에 있는 태실지(胎室址. 인성대군 仁城大君의 태실지라고도 전한다.)에는 높이 170cm 너비 51cm 두께 21cm의 규모의 태실비(胎室碑)를 세웠다고 하나, 조선의 민족정신을 말살시키기 위한 일제(日帝)의 악랄한 정책의 희생물이 되어 그들에게 우호적이었을 민간에 불하되어 그들 조상의 무덤 아래에 비신(碑身)의 비문(碑文) 부분은 훼손되어 없어지고 잔해만 남아 허무한 모습으로 짓눌려져 있으니 이 또한 애달프고 가슴 아픈 일이 아닐 수 없다.

# 가진 이의 여유와 낭만,
# 고산 윤선도(孤山 尹善道)


향토문화사랑회 제203차 답사여행. 2012년 3월 11일 07:40 출발 예정으로 배낭을 메고 집을 나섰다. 사람이 살아가는 세상살이가 계획대로 이루어지거나 지켜지는 것은 아닌지라 예약을 하고 인원을 정하여도 약속을 어기는 사람은 있기 마련이어서 일을 추진하는 사람들이 수고를 한다. 미처 약속 시간에 나오지 않은 사람에게 전화를 걸어 확인을 하고 예정 시간을 20여 분을 초과하여 08:00 무렵에야 출발이 되었다.

장거리 여행을 위하여 다른 날보다 일찍 서둘렀더니 30분 정도 지나자 졸음이 몰려온다. 달리는 자동차의 적당한 흔들림이 수마(睡魔)를 도와서 달콤한 잠 속으로 빠져들었다가 보성의 금강휴게소에서 정신을 차리고 찬바람을 맞으며 차에서 내려 가벼운 스트레칭(stretching)으로 뻐근한 몸을 풀어본다.

경칩을 지났건만 봄 날씨 같지 않게 찬바람이 몰아치고 간간히 눈발이 날리는 차창 밖으로 저마다의 모습을 한 멀고 가까운 산들이 다가왔다 물러나는 그 속에 회백색의 갈대밭이 새들의 둥지와 물에서 살아가는 생명들의 터전을 이루며 보는 이의 눈을 즐겁게 만드는 강물이 흐르고, 들이 있고, 마을이 있고, 사람을 비롯한 수많은 생명들이 그 속에서 살아간다.

출발한 지 2~3시간여를 달려가자 차창의 오른편으로 멀리 보이는 보성, 장흥, 강진, 해남 지역을 꿰어서 뻗어내리는 덕룡산, 주작산, 두륜산, 대둔산에 이어 달마산을 이루고 있는 기암괴석(奇巖怪石)으로 이루어진 산줄기의 모습들이 마치 생동감 넘치는 커다란 공룡이 비늘을 곧추세워서 세차게 꿈틀대며 요동이라도 치는 듯, 무수히 많은 날카로운 톱날들이 닿기만 하여도 붉은 핏물을 묻히고 말겠다는 듯이 솟아올라 보는 이의 눈길을 끌어당기며 해남의 땅끝마을로 안내를 한다.

‘땅끝마을’이라는 지명(地名)은 <신증동국여지승람(新增東國輿地勝覽)> 만국경위도에서는 우리나라 전도(全圖)의 남쪽 기점을 이곳 땅끝 해남현에 잡고 북으로는 함경북도 온성부에 이른다고 하였고 또한 육당 최남선의 <조선상식문답(朝鮮常識問答)>에서 해남 땅끝에서 서울까지 천 리, 서울에서 함경북도 온성까지를 2천 리로 잡아 우리나라를 '삼천리 금수강산'이라고 하였다고 정리를 하고 있다.

땅끝마을 선착장에서 배의 출항을 기다리는 동안 선착장 앞의 기암(奇巖)과 작은 돌섬이 주변의 경관들과 어우러져 기다리는 시간을 지루하지 않게 한다. 나지막한 앞산의 전망대에서는 모노레일이 손짓을 하고 있지만 시간이 맞지 않아 다음 기회로 미루어두고 버스에 올라서 배를 타고 흑일도와 백일도를 왼편 바다에 띄워둔 채로 노화도(蘆花島)로 향했다.

노화도라는 지명은 염등리 앞 300ha에 달하는 갯벌의 갈대(蘆)가 꽃(花)이 피면 그 경치가 장관을 이룬다고 하여 이름 지어졌다고 하며 다른 한편으로는 고산 윤선도가 이 섬으로 올 때 어린 종을 데리고 왔다 하여 노아도(奴兒島)라 부른 데서 비롯되었다고도 한다.

땅끝에서 노화도로 향하는 뱃길 40여 분 동안 흐린 하늘에서 흩어져 내리는 눈발이 세찬 바람을 타고 물살을 때려 일렁이는 파도와 함께 우리 일행의 여행 재미를 더해었다.

노화도 북쪽 산양진항에서 버스를 탄 채 배에서 내려 보길도로 향하였다. 낯선 산길과 마을을 지나서 달리는 차창 밖으로 보이는 경치는 쪽빛의 물길 위에 전복 양식장의 부기들이 오(伍)와 열(列)을 맞추어서 색다른 볼거리를 만들어주고 간간이 날리는 눈발과 세찬 바람이 우리 일행을 맞아주는데 이목항을 돌아 나오자 눈앞에 보이는 아름답게 장식한 다리가 눈길을 끈다. 노화도와 보길도를 연결하는 2개의 다리는 각기 다른 형태의 디자인과 색상으로 아름답게 꾸며져서 관광지의 멋을 더하고 있다.

아침부터 오랜 시간을 달려온 탓에 일행 모두가 시장기를 느끼기도 하였지만 즐겁고 활기찬 답사여행을 위하여 보길도 들머리의 청별항 예송(禮松)마을 식당에서 간재미 요리를 맛본 다음 고산 윤선도의 흔적을 찾아 나섰다.

보길도(甫吉島)라는 지명의 유래에 대하여는 두 가지 설이 있다. 옛날 영암(靈巖)에 살고 있던 한 부자가 선친의 묘 자리를 잡기 위해 풍수지리에 능한 지관(地官)을 불러서 명당자리를 청하였는데, 지관이 이 섬을 두루 살펴보고 난 뒤에 '십용십일구(十用十一口 = 甫吉)'라는 글을 남기고 갔다. 이 글의 뜻을 알 수 없어 월출산 선암사의 스님에게 물으니 섬 안에 명당자리가 11곳이 있는데 10곳은 이미 사용되었고 나머지 1곳도 쓸 사람이 정해졌다고 풀이를 해서 보길도라 불렀다고 한다. 또 어원이 '바구리'에서 유래되었다고도 하는데, 섬의 모양이 바구니 모양을 하고 있어서 바구니의 사투리인 바구리의 옛말 '보구리'를 한자로 옮겨 적다 보니 '보길'이 되었다고 한다.

윤선도 원림(園林). 고산 윤선도(1587~1671)가 병자호란 이후 시문(詩文)을 벗하여 낭만과 여유를 즐기며 말년을 보내던 곳으로 면적이 480,728㎡에 달한다. 자연을 최대한 활용하여 조성된 윤선도만의 정원으로 1992년 1월 11일 사적 제368호로 지정되었으며 2008년 1월 8일 명승 제34호로 변경되었다.

1636년 병자호란(丙子胡亂) 때 고산(孤山)이 의병을 이끌고 관군(官軍)을 돕기 위하여 강화도로 향하던 도중 임금의 항복 소식을 듣고 제주도로 가다가 풍랑을 만나 이곳 보길도에 들러 그 수려한 경관에 매료되어 머물게 되었다고 전하며, 그가 1637년(인조 13)부터 1671년 죽을 때까지 일곱 번, 햇수로는 13년 동안 머물며 글을 쓰고 생활한 곳으로 그의 발자취가 느껴지는 유적지가 많은 곳이다.

원림으로 들어서는 입구에서 든 첫 느낌은 자연이 만든 크지 않은 개울을 절묘하게 이용하고 늘어진 고목나무 숲과 정교하게 쌓은 돌단을 비롯한 자연 그대로의 바위들 사이에 한껏 멋을 내어 지은 정자(亭子)가 함께 어우러져서 고풍스런 정취를 더하고 있다는 것이었다. 아마도 기계 산업이 발달한 오늘날에 조성을 하였더라면 중장비를 동원하여 바위는 깨어내고 냇물은 그 길을 돌려서 자연을 거슬렀으리라.

사방이 바구니처럼 둥그렇게 산으로 둘러싸인 이곳에서 계곡을 따라 흐르는 개울물을 막아 판석(板石)으로 보(洑)를 만들어 자연적으로 수위 조절이 되도록 조성한 연못 세연지(洗然池), 그 속에 멋들어지게 어우러진 세연정(洗然亭). 세연지에 물을 채우고 주변에 저마다의 형상으로 놓인 바윗돌마다 고유의 이름을 붙여서 그 사이로 '소방'이라는 배를 띄우고, 고려 때부터 전하여 오면서 어부들이 부르던(漁父歌) 봄노래(春詞)·여름노래(夏詞)·가을노래(秋詞)·겨울노래(冬詞)에 그 자신이 시조의 형식을 빌린 '어부사시사'를 완성하여 즐겼을 것이며 세연정을 중심으로 사방에 돌과 흙으로 무대(舞臺)를 만들어 무희와 악공을 불러 공연을 펼치고 음주가무(飮酒歌舞)를 즐기면서 시문(詩文)을 지으며 낭만과 여유를 누렸으리라.

세연정의 바닥에는 온돌을 설치하여 추운 날씨에도 따뜻하게 생활할 수 있게 하였으니 봄과 여름 그리고 가을에는 정자의 문을 열거나 닫기도 하면서 계절마다 달라지는 자연의 모습을 감상하며 즐기고 겨울에는 온돌을 데워서 추위를 쫓아가며 나목(裸木)과 상록(常綠)을 즐기고 눈이 내리면 설경(雪景)을 조연(助演)으로 정치판의 번잡함은 벗어둔 채 물(水)과 바위(石)와 소나무(松) 그리고 대숲(竹)을 벗하며 동산에 떠올라 나뭇가지에 걸린 달(月) 한 조각을 세연지에 띄워놓고 나머지 한 조각은 잔 속에 담아 대작(對酌)하며 마음이 맞는 벗들을 불러서 그들과 시문(詩文)을 짓고 학문과 시국을 논하면서 자신만의 삶을 마음껏 향유하였을 것이다.

세연정을 둘러보고 40여 분을 걸어서 낙서재(樂書齋)를 지나 뒤편에 있는 바위 소은병(小隱屛)에 올라서니 세연정과 주변의 경치가 한눈에 들어오는데 멀리 맞은편 산중턱 바위벼랑 사이에 작은 정자가 보인다. 소은병은 중국 복건성 주자의 행적을 따른다는 뜻이라 한다.

낙서재는 시문을 창작하고 강론하였던 곳으로 주변에 유적 발굴과 복원 공사가 진행되고 있었다. 낙서재와 소은병을 답사하고 맞은편 산중턱에 자리한 동천석실(洞天石室)로 가는 길에 사람들이 마을 집의 담장을 돌담으로 쌓고 있는 모습이 이채롭게 눈으로 들어온다.

석실로 향하는 길목에 건너는 개울은 잔돌로 다릿발을 세우고 그 위에 커다란 판석을 놓아 그 하중으로 무너지지 않게 조성하여 콘크리트가 없었던 시대에 돌다리를 놓은 선조들의 지혜를 엿볼 수가 있었다.

개울을 건너 비탈진 산길을 오르는 동안 동백나무에 빨간 꽃이 피어 사람들의 눈길을 끄는데 활엽 잡목과 차나무, 소나무가 어우러진 산길을 10여 분 정도 걸어서 오르니 커다란 바위들이 서있는 벼랑 사이로 2개의 작은 노천(露天) 목욕탕이 조성되어 있고 돌다리 뒤편으로 밧줄에 의지하여 올라서자 네모 지붕의 자그마한 정자 하나가 옛 사람의 풍류를 느끼게 하는데 1993년에 복원된 건물이라고 하며, 앞과 옆면은 낭떠러지로 시야가 트여서 부용동 전체를 한눈에 볼 수가 있고 그 아래쪽에 작은 정자 하나가 더 있다.

이곳은 고산이 부용동 제일의 절승이라 할 만큼 좋아한 동천석실(洞天福地)로 그 의미는 신선이 머문다는 동천복지에서 유래하였다고 한다. 그는 이곳에서 고대 중국 전설상의 제왕(帝王)인 복희(伏羲: 伏戲, 伏犧, 宓羲, 庖犧, 虙犧, 炮犧 등으로 쓰기도 함.)씨와 자신을 견주었다 하니, 남명 조식 선생이 지리산에 은거하며 자신의 시 '삼홍소'에서 "천공(天公)이 나를 위해 메 빛을 꾸몄으니…"라고 노래하면서 하느님과 놀아보고자 한 배짱에는 미치지 못하지만 조선의 왕을 뛰어넘고 싶었음을 미루어 짐작할 수 있다.

그는 원림에서 머물다 싫증이 나면 시자(侍子)를 거느리고 미희(美姬)를 대동하여 이곳을 찾아 자신만의 왕국인 부용동 전체를 감상하면서 시와 문장을 짓고 독서를 하며 노닐다가 무더운 여름에는 아래쪽 노천탕에서 시원하게 목욕도 즐겼으리라.

고산의 발자취를 둘러보니 권력과 재물 그리고 건강을 동시에 가진 자의 여유와 낭만을 느낄 수 있었다. 우수한 두뇌를 소유하고 현실 정치의 언저리에서 자신만의 작은 왕국을 만들어 자기만족을 향유하는 한편 중국의 태공망 여상(呂尙)이 곧은 낚시를 위수(渭水)강물에 드리우고 '해와 달을 낚시 바늘로 무지개를 낚싯줄 삼아' 세월을 낚으며 때를 기다렸듯이 고산(孤山) 또한 파란만장한 그의 정치역정(政治歷程) 속에 이곳을 드나들며 <고산유고(孤山遺稿)>등 수많은 문장들을 남기면서 자신만의 시대를 기다렸을지도 모른다.

(향토문화사랑회 발행 향토문화 제23집, 2012.)

# 서생포왜성을 다녀와서


2012년 3월 8일 향토문화사랑회 답사여행길로 울주군 상북면 소재 간월사 터를 답사한 다음 울산광역시 문화재자료 제8호인 울주군 서생면 서생리 711 일원에 자리하고 있는 서생포왜성을 찾았다.

차에서 내려 약간의 포장도로를 따라가자 길게 뻗어 산과 마을로 이어지는 석성(石城)의 흔적들이 앞을 막아선다. 90도 수직으로 조성된 우리나라 전통의 성벽과는 달리 60도 정도 기울어서 어떻게 보면 비스듬히 누운 모습이다. 이러한 성벽의 구조는 총과 활이라는 무기 체계의 차이와도 관계가 있겠지만 그것보다는 수비 형태의 성이냐, 공격 형태의 성이냐에 따라서 축성 방법이 다르다고 한다.

우리나라의 성은 수비를 목적으로 조성되었기 때문에 수직으로 조성된 반면 왜성은 공격을 목적으로 하기 때문이라는 설명을 들었지만, 왜성의 형태가 약간은 뒤로 누웠기 때문에 자연의 지형을 이용하여 쉽고 견고하게 쌓을 수 있을 것 같다는 생각이 들었다.

논밭길을 돌아서 성의 안쪽으로 들어가 산의 정상으로 이어지는 길을 따라 오르는 길의 왼편으로 성벽이 이어진다. 콘크리트로 포장된 길을 다소 숨이 가쁘게 일행들을 따라 올라 내성 출입구를 지나 돌출형 소곽(小郭)이 있었던 곳에서 문화해설사의 설명을 들었다. 대기업에서 근무를 하다 퇴직하고 문화해설사 일을 하게 되었다는 중년의 여성으로 많은 자료들을 스크랩하여 찾아오는 사람들의 이해를 돕는 데 활용하고 있었는데 국가관이 확실한 분 같다.

성터 위에서는 갓 피기 시작한 벚꽃나무 아래 역사의 아픔은 잊은 한 무리의 상춘객들이 자리를 펴고 주변을 어지럽히는 모습이 조금은 눈에 거슬린다. 여러 사람들이 함께 누려야 할 공간을 차지하고 저희들끼리 부어라 마셔라 굽고, 떠들고, 음식 냄새를 풍기며 무질서하게 행동하면서 공공질서나 다른 사람들의 기분이나 눈길은 안중에도 없다.

외국의 관광지 어느 곳을 가보아도 이러한 행동을 보기 어렵다는 생각과 더불어 소득 수준이 높아지는 만큼 공중 도덕을 지키고 다른 사람을 배려하는 의식 수준도 향상되어야 하지 않을까 하는 아쉬움이 남는다.

성의 앞쪽으로 보이는 맑고 깨끗한 바다와 진하해수욕장을 양켠으로 보듬어 안은 나지막한 산과 그 안의 작은 도시 너머로 끝없이 펼쳐진 수평선이 아름답다. 아파트와 현대식 건물들이 듬성듬성 솟아 시야를 어지럽히는 것이 조금은 거슬리는 느낌이어서 계획도시로 만들어 한옥마을 혹은 고도 제한 등으로 아담하게 꾸미고 가꾸었더라면 좋지 않았을까 하는 생각을 해보았다.


앞쪽으로 막힘없이 펼쳐진 바다와 멋진 경치를 보면서 이렇게 아름다운 고장을 어리석은 침략자들이 피로 물들이고 그들의 전초 기지로 삼기 위하여 성을 쌓고 소굴(巢窟)을 만들었다는 사실이 너무도 안타깝다.

성을 쌓은 지휘관은 악명 높은 왜장 가토 기요마사[加藤淸正]. 그는 1592년 임진왜란 당시 왜군의 선봉장으로 잔인무도한 자였기에 조선에서는 그를 '악귀 기요마사[惡鬼淸正]'라고 불렀다 하니, 우리 국민들이 왜성을 쌓기 위하여 얼마나 끔찍한 고통을 당하였는지는 미루어 짐작이 간다.

더욱이 인근에 있었던 여러 개의 조선 성을 허물고 그

돌을 옮겨 와 왜성을 쌓았다고 하니 오늘날처럼 중장비를 동원하지 않고 순수한 인력(人力)에 의존할 수밖에 없는 상황에서 조총과 창칼로 위협하고 돌을 운반하여 축성(築城)을 하였을 것이므로 양민들이 겪은 고통을 말로서는 표현하기 어려웠을 것이다.

이곳에 성을 쌓아 주둔하면서 그들이 저지른 악행은 극에 달하여 심지어 보리밭에 숨은 아녀자를 겁탈하였는가 하면 점령지에 주둔한 군사는 말할 것도 없고, 원군(援軍)으로 온 명나라 군사들이 행한 만행 또한 왜군보다 더욱 가혹하였다고 하니 힘없는 나라의 백성이 당하는 고통과 괴로움은 어디에 하소연할 곳도 없었다.

그들은 철군을 하면서 서생포왜성을 쌓은 조선의 축성 기술자들을 포로로 잡아가 구마모토성[熊本城]을 쌓는 데 동원하는 것 외에도 이후 일본 축성 기술에 획기적인 전환점으로 삼았는가 하면, 임진·정유 왜란으로 끌려간 도공들을 통하여 도자기 제조 기술을 전수받아 일본의 도자기 기술이 눈부신 발전을 이루게 되었다고 하여 이들 왜란이 '도자기 전쟁'이라고까지 불린다고 하니 문화적으로도 우리의 기술이 그들에게 끼친 영향이 크다고 할 수 있다.

그에 비하여 조선에서는 일본의 침략 징후를 미리 감지하고서도 권력 투쟁에 혈안이 되어 실리를 무시한 채 명분

없는 파벌 싸움으로 날을 보내고 국방을 소홀히 하였는가 하면, 기술자들을 '쟁이'라 하여 천시함으로써 고려 시대에 이미 우수한 화약 제조 기술을 습득하고서도 왜군을 물리치는 데 제대로 활용하지 못하였을 뿐만 아니라 실용적인 면에서 기술의 진보를 이루지 못하여 국력은 약해지고 민생은 피폐해질 수밖에 없었다. 기술자를 천대(賤待)하는 습속은 오늘날까지도 이어져 공직에서 기술직은 일반 행정직보다 늘 불리한 대우를 받고 있다.

오랜 평화가 지속되는 동안 지배 계층은 파벌을 갈라 불필요한 명분을 내세우며 당파 싸움을 일삼고, 무관(武官)과 기술인(技術人)들을 경시(輕視)하여 국력을 약화시키고, 개인과 파벌 간의 권력 유지를 위한 권력 투쟁과 가렴주구(苛斂誅求)만 일삼는 탐관오리(貪官汚吏)들로 인해 국가의 기강이 해이해지고 국부(國富)는 바닥나서 조정에서 왜의 침공에 대비하여 성곽의 수축과 군비를 정비하라는 명령을 내려도 민폐(民弊)를 끼친다는 명분을 내세우며 전비(戰備)를 중지하라는 장계(狀啓)를 올리는가 하면, 이이(李珥)의 '10만 양병설(養兵說)'마저 묵살함으로써 참혹한 전쟁을 불러들였으며, 군사(軍士)는 적 앞에서 제대로 대항 한 번 못 하고 무너졌다. 어리석은 지도자는 적과 싸우는 전장(戰場)의 지휘관을 삭탈관직(削奪官職)하여 곤장으로 다스리는가 하면, 전선에서 목숨을 걸고 적과 사투를 벌인 사람보다 피난길에 동행하며 아부하고 아첨한 사람을 중용하고, 적이 우리 강토에 침공하여 자리를 잡고 성을 쌓으며 양민을 약탈하고 강제 노역을 시키며 부녀자를 겁탈하여 고통 속으로 몰아넣어도 구해내고 책임지려는 관리가 없고, 전쟁을 마무리하기 위한 조약마저 당사국은 참여조차 못 하고 왜국과 명나라에 운명을 맡기는 무능하고 허약한 정부와 지도자들이 전쟁이 끝난 후에도 정신을 차리지 못하고 권력 다툼만 하다가 36년이라는 치욕의 식민 지배까지 받았으니 언제나 적은 멀리 있는 것이 아니라 내부에 도사리고 있는 것이다.

국방이 약한 나라의 국민은 언제나 전쟁의 위협과 고통을 당할 수밖에 없다. 해방과 동시에 6.25의 참상을 겪었으면서도 지도자들은 정신을 차리지 못하여 적이 총과 포를 쏘아대고 우리 군(軍)을 살상해도 응사하지 말고 밀어내라고 하는가 하면, 신성한 국방의 의무를 수행하는 젊은이들이 "군에 가서 썩는다", "깜도 안 되는 것들이 별 달고 거들먹거린다"는 등의 막말을 하며 군의 사기를 떨어뜨리는 군 통수권자, 적이 우리 영토에 장거리포를 쏘아 국민과 군을 살상하는데도 국방부 장관을 잡아놓고 작전 지휘를 못 하게 하는 국회와 그러한 국회를 박차고 나가서 나라를 지키지 못하는 소신 없는 장관, 국토를 지키기 위한 성을 옮기는(군사 기지 이전) 것을 반대하여 죽창으로 군인들을 공격하는가 하면 성을 쌓는(해군 기지 조성) 것조차 반대하는 국민과, 그러한 일을 충동질하고 명을 받아 사업을 추진하는 군인을 향하여 "집권하게 되면 후환이 두렵지 않느냐"고 협박하는 얼빠진 정치가, 국고와 지방 재정은 거덜이 나도 선거에 이기기 위하여 사업을 떠벌리고 선심성 공약을 남발하며 매관매직을 일삼는 지도자, 자신들의 마음대로 되지 않는다고 막말과 막가는 행동으로 국가와 사회 기강을 어지럽히는 자와 그러한 행동을 바로잡지 못하고 끌려만 다니는 정부….

　제대로 된 정치를 하고 부강한 나라, 살기 좋은 나라를 만들기 위하여 정치인들이 산업 시찰이다, 선진지 견학이다 하는 명분으로 많은 예산을 들여 해외로 나가 국민의 혈세를 축낼 것이 아니라, 이렇게 슬프고 뼈아픈 역사를 간직한 유적지를 찾아 내부 갈등으로 국력이 약해지면 국민이 당하는 고통과 수모는 어떠하며 역사와 문화는 어떻게 짓밟히게 되는지를 몸으로 체험하고 진정한 애국 애민의 길이 무엇인가를 느껴야 할 것이다.

# 과거와 현재가 공존하는 섬 청산도

2012년 11월 9일부터 11일까지 2박 3일간의 일정으로 오일회 회원 23명(부부 동반. 남자 12명 여자 11명)이 관광길에 나섰다. 09시에 창원을 출발한 전세버스는 10시가 넘어 진주소방서 앞에서 우리 일행 3명을 태운 다음 잘 뻗은 남해안고속도로를 이용, 전남 완도를 향하여 가속 페달에 힘을 더하자 가을걷이가 마무리된 들녘마다 가축의 먹이를 위하여 볏짚을 동글동글 말아서 하얀 비닐로 포장한 롤백사일리지(roll-bag-silage)가 과거와는 다른 농촌의 가을 풍경을 만들어내고, 10일부터 비가 온다는 기상 예보 때문인지 짙게 깔린 운무(雲霧)가 단풍으로 아름답게 장식한 높고 낮은 산과 들을 희뿌옇게 묻어서 먼 산은 옅은 색의 수묵(水墨)으로 처리한 듯 가까운 산과 들은 다채로운 색상의 수채화로 그린 듯이 아름답게 펼쳐진 초겨울의 자연을 파노라마(panorama)처럼 불러오고 밀어내기를 반복하고 있다.

60을 넘긴 나이 탓인지 인생의 무게를 담은 일행 모두는 수학여행길에 나선 학창시절로 돌아간 기분이라도 되는 듯이 서로가 살아가는 이야기로 꽃을 피우며 삶의 짐을 잠시 벗어놓았다.

웃으며 즐기고 졸기도 하면서 달려온 길은 완도대교를 건너 완도읍 군내리에 위치한 '가든 한국관'이라는 간판이 붙은 식당 앞에다 일행을 내려놓는다. 먼 길을 달려와서 시간이 늦은 탓도 있겠지만 잘 차린 음식상이 눈부터 즐겁게 다가서고 섬에서만 볼 수 있는 싱싱한 해산물로 꾸며진 한정식이 남도(南道)의 멋을 보태어 그 맛을 더한다. 여유롭게 식도락을 즐긴 일행은 완도군의 배려로 여성 문화해설사의 안내를 받아 관광길에 나섰다.

처음으로 들어선 곳은 장보고기념관. 1200여 년 전 신라인의 기상을 더 높인 한 인물의 발자취를 간직하고 있는 곳이다. 780년대 후반에 이곳 완도 작은 바닷가 마을에서 태어나 동아시아의 해상을 장악하고 바다를 호령하던 그의 죽음에 이르기까지의 일대기를 담고 있다.

우리가 알고 있는 장보고(張寶高)의 다른 이름은 궁복(弓福) 또는 궁파(弓巴)로 일찍이 당나라로 건너가 군인으로 성공하여 그곳에서 신라 사람들이 겪고 있는 어려움을 직접 눈으로 보고 신라로 돌아와 청해진을 설치하여 해적을 소탕하고 해상 무역을 장악하여 부와 권위를 누렸으나 중앙 정부의 권력 투쟁에 연루되어 죽음을 당하였다. 당시 장보고를 암살한 사람은 그의 심복이었던 장수 염장(閻長)으로, 오늘날 몹시 화나게 하는 일을 당하여 쓰는 '염장을 지르다'라는 말의 어원으로 보는 견해도 있다.

장보고기념관 관람을 마친 다음에는 청해진 유적지로 향했다. 육지와는 넓지 않은 바다를 사이에 두고 있어서 좁은 해로를 가로질러 놓여 있는 다리를 건너 조그마한 섬에 도착하자 깨끗하게 복원하여 손질한 성터가 나온다. 완도읍 청해진로 1455에 위치한 이곳은 사적 308호로 장보고가 828년 청해진을 설치하고 신라와 중국 그리고 일본을 잇는 삼각 무역을 했던 우리나라 최초의 해상 무역의 전진 기지이자 해상 군사 요충지였던 곳이라 한다.

아직도 목책과 빗살무늬 맷돌, 토성 등이 남아 있어서 이들 발굴 결과를 토대로 고대, 중문, 남문 등을 복원하였다고 한다. 주변 정리가 잘 되어 있고 하루 전에 깎아낸 듯한 잔디밭에서 풀 냄새가 은은하게 풍겨나 또 다른 멋을 더하는데 유적지를 돌아보는 길 옆에 조성된 풀밭에 꽂은 분명히 억새인데 줄기는 갈대처럼 생겼지만 마디가 갈대보다는 촘촘하게 있어서 갈대로 보기도 어렵고 억새라고 보기에도 애매한 마치 두 종의 교잡종이라 보아야 할 것 같은 이상한 풀이 있어 눈길을 끌었다.

장보고가 해적의 피해를 막기 위해 신라 조정으로부터 군사 1만 명을 지원받아 청해진을 설치하였다고 전하는데 섬의 규모로 보아 군사들과 그 가족이 생활하기에는 좁아서 평시의 일상생활은 육지에서 하고 유사시에만 군사 기지로 이용하지는 않았을까 하는 생각이 들었다.

청해진 유적지를 둘러본 다음 완도타워를 향하여 가는 길에 항구 앞 바다에 자그마한 섬이 있다. 해설사의 설명에 따르면 10,000㎡ 크기의 '주도'는 완도항을 상징하는 섬으로 황칠나무를 비롯한 137종의 목·초본류가 서식하고 있어서 1962년에 천연기념물 28호로 지정되어 보호되고 있다고 한다.

첨탑까지 76m 높이의 완도타워에 올라 저물어가는 완도 항구를 관람하고 오는 길에 장보고와 골프 선수 최경주의 형상을 만나기도 했으며, 저녁 식사를 위하여 돌아오는 길에는 완도타워에서 연출하는 레이저 쇼가 어두운 밤하늘을 장식하며 항구의 낭만을 더하고 있었다.

저녁 식사는 오일회 회장과 친분이 있는 완도군수의 배려로 완도의 진미를 맛본 다음 '해조류 스파랜드'에 여장을 풀고 여행 첫날의 일정을 마무리 지었다.

여행 둘째 날. 평소의 습관대로 아침 일찍 자리에서 일어나 일행 두 사람과 숙소 뒤편에 있는 해안을 따라 산책에 나섰다. 이른 새벽이라 잘 보이지는 않지만 해안산책로로 만들어놓은 시설물들이 모두 망가지고 무너져서 흉한 모습으로 방치되어 오히려 산책을 방해하고 있었는데 태풍 '볼라벤'의 영향이란다. 그렇다면 잦은 해일과 태풍 등으로 피해를 입을 것이 불을 보듯이 분명한 바닷가에 굳이 많은 예산을 들여서 이런 시설물의 설치를 해야 했을까, 만약에 자신들의 사유 재산이라면 이런 사업에 투자를 했을까 하는 생각이 들었다. 적어도 국민의 세금으로 국가의 살림을 살아야 하는 공직자라면 성실하게 예산을 집행하고 관리할 의무가 있는 것이다.

전복죽으로 단출하게 아침 식사를 마치고 우리가 타고 간 버스는 완도에 둔 채 08시에 완도항을 출발하는 여객선을 타고 청산도로 향했다. 강풍주의보가 내려서인지 날씨는 흐리고 빗방울이 간간이 떨어지는 가운데 바람이 거세게 불어 파도가 높게 일고 너울마저 밀려와 배가 심하게 흔들리는데, 창가로 보이는 바다는 마치 봄날에 벚꽃이 떨어져서 바람을 타고 길 위에 몰려다니다가 언덕 아래 쌓이는 것처럼 하얀 파도가 바다를 뒤덮고 몰려가서 섬 자락 바닷가에 거품을 몰아붙이고 있었다.

청산도에서 여승 한 분이 우리 일행의 안내를 했는데 순환버스가 있어서 이용이 편리했지만 완도군의 배려로 우리 일행만 별도로 배정된 버스를 타고 관광길에 나섰다. 해설사가 '과거와 현재가 공존하는 환상의 섬'이라고 소개를 하는데 '느리게 걷고, 깊게 파고들수록 아름다운 청산도 슬로길 42.195㎞'라고 리플릿에 소개하고 있었다. 청산도 슬로길은 주민들이 마을 간 이동로로 이용하던 길로서 아름다운 풍경에 취해서 저절로 발걸음이 느려진다 하여 '슬로길(Slow road)'이라 이름 붙이고 2011년 국제슬로시티연맹 공식 인증 '세계 슬로길 1호'로 지정이 되었다고 한다.

달리는 차창 밖으로 보이는 다닥다닥 층계를 이룬 논들이 '구들장 논'이라고 소개를 한다. 어릴 때 기억으로는 고향 마을에서 찬물이 나오는 산기슭의 논이나 구릉지로 물빠짐이 좋지 않은 논에 도랑을 깊게 파서 물길을 내고 그

위에 넓적하고 얇은 구들장 같은 돌을 깔아 흙으로 덮어 물빠짐을 좋게 하는 논이 있었던 것으로 기억하고 있는데, 이곳은 섬 지역이라 자갈이나 돌이 많아 물이 고이지 않는 논에 구들장을 깔고 그 위에 흙을 덮어 물고임을 좋게 하여 논을 만들고 농사를 지었고, 그러한 논을 구들장 논이라고 한단다. 어려운 환경에 순응하고 어려움을 극복하면서 살아온 조상들의 지혜를 엿볼 수 있게 한다.

마을로 들어서자 가지런한 돌담 사이로 연세가 많으신 노인들만 간간이 보일 뿐 바람소리가 거세다. 반듯하게 쌓은 돌담 사이로 나 있는 골목의 비탈길을 오르면서 시골에서 태어나 자란 탓인지 크게 감동은 없고 '젊은이들은 떠나가고 사람이 많이 살지 않을 뿐만 아니라 교통마저 좋지 않은 섬마을에 예산을 쏟아부어 이런 돌담을 고쳐 쌓아야만 했을까, 차라리 옛사람들의 손때가 묻은 돌담을 그대로 보존하는 것이 더 좋지 않았을까' 하는 생각을 해보았다. 많은 예산을 들여서 새로 쌓은 돌담들이 직선과 각으로 이루어져 부드러움과 여유를 잃고 딱딱한 느낌마저 주는데, 통영 지역의 섬마을에도 옛 멋을 간직한 집들이 많이 남아 있다.

젊은이가 있고 사람이 많이 살고 있다면 다행이겠지만

그나마 현재 살고 계시는 노인들마저 떠나고 나면 누가 이 외로운 섬을 지킨다는 말인가. 젊은이들은 모두가 도시로 떠나가는데…. 골목길에 거센 바람을 안고 할머니 한 분이 옷깃을 여미고 앉아서 고구마줄 말랭이 등을 팔고 있었다.

마을길을 돌아 나와서 향한 곳은 영화 <서편제>, <여인의 향기> 그리고 <봄의 왈츠> 촬영 장소. 모래 섞인 바람이 거세게 불어 발걸음조차 내딛기 어려워 할 수 없이 영화 촬영 장소였다는 표석만 둘러보고 발길을 돌려 향한 곳은 지리청송해변으로 가이드로부터 '눈이 좋은 남자라면 S 라인의 멋진 여성을 찾을 수 있을 것'이라는 멘트와 함께 해안가 방풍림 사이에서 사람의 엉덩이를 닮은 이상한 형태의 소나무 한 그루를 보고 돌아왔다.

강풍주의보로 13시 이후에는 배가 뜨지 않는다고 하여 관광을 할 수 없어 점심을 기다리는 동안 과거에 면사무소로 사용하던 건물을 리모델링하여 사진을 전시하고 있어 둘러보면서, 어차피 폐가로 방치되는 건물을 이용하여 문화 공간으로 활용함으로써 관광객을 불러 모으고 있으니 괜찮은 아이디어라는 생각이 들었다.


당초에는 노화도를 거쳐서 보길도에서 숙박을 할 계획

이었으나 악천후로 바닷길이 어려워 해남으로 나와 미황사(美黃寺)로 향했다. 완도대교를 건너 해남까지의 길은 상당한 시간이 소요되어 우리나라 사람들의 여행 관습대로 버스 안에서 노래와 춤으로 여흥을 즐기다 보니 피로를 잊고 모두가 환한 웃음으로 달마산 자락에 다가섰다.

미황사는 한번 와보고 싶었는데 마침 바람이 불어 뱃길이 어려워짐으로써 찾아볼 기회를 얻게 되었다. 달마산은 불상과 바위, 석양빛이 조화를 이루어 절경을 이룬다고 하여 삼황(三黃)이라 불리기도 하는 곳으로, 곱게 물든 단풍과 어우러져 아름다운 자태를 자랑하는 달마산 자락에 자리한 미황사는 신라 경덕왕 8년(749년) 창건되었다고 하며, 절의 창건 설화와 더불어 남방불교가 들어온 곳으로 보는 견해도 있는데 그 이름만큼이나 경치가 빼어난 곳이었지만 강한 바람과 추적추적 내리는 빗방울이 관람을 방해하여 속속들이 둘러보지는 못하고 아쉬움을 남긴 채 내일의 일정을 위하여 다음 행선지로 향하였다.

땅끝마을에 도착한 일행은 강풍과 비바람 속에서 승강기를 타고 전망대에 오르니 정상에서 조망(眺望)을 할 수가 없단다. 그렇다면 케이블카를 운행하지 말았어야지 1인당 4000원이나 받으면서 이럴 수가 있느냐는 항의를 하고 실랑이를 벌이다가 기분만 상하고 전망대를 내려왔다.

악천후에 의한 일정 변경으로 숙소와 식당을 급하게 잡았으나 저녁에는 빗속에서도 노래방을 찾아 일행이 한데 어우러져 즐거운 시간을 보내고 여행 2일 차의 일정을 마무리 지었다.

여행 3일 차. 아침 일찍 일어나 선착장 주변을 둘러보고 어제 저녁을 먹었던 식당에서 미역국으로 아침을 때운 다음, 비가 그쳤으므로 배는 출항을 할 수는 있으나 바람이 불고 날씨가 흐려서 일기가 좋지 않아 오후 1시 이후에는 배가 운항을 하지 않을지도 모른다는 소식에 평소에 오기가 쉽지 않은 곳이므로 보길도에 가서 세연정만 둘러보기로 하고 길을 나섰다.

강한 바람에 밖으로 나설 수가 없어 선실 안에서 내다보는 바다는 거센 파도가 일렁이고 지난번 보길도 여행길에 보았던 가지런히 줄지어 늘어서서 볼거리가 되었던 수많은 전복 양식장은 황량한 모습으로 변해 있었다. 완도, 청산도, 노화도, 보길도 지역의 주요 소득원이었던 전복 양식이 태풍 '볼라벤'의 영향으로 모두가 피해를 입었다고 하는데 자연의 거대한 힘 앞에 인간이 얼마나 약한 존재인가를 실감하게 한다.

날씨 탓인지 세연정은 을씨년스러운 모습을 하고 있어서 그 이유를 생각해보니 지난번에 이곳을 찾았을 때에는 입구에서부터 잘 어우러진 숲길을 따라 들어서면 멋진 정원을 만들어 학문의 길을 걸으며 가사문학의 꽃을 피우고 낭만과 여유를 즐기면서 살다 간 한 선비의 운치를 느낄 수 있었다면, 지금은 뒤편에 새롭게 건물을 지어 입구를 돌려놓아 어울림과 조화를 무시하고 지나친 상업주의로 치장한 것 같은 단조로운 느낌으로 다가와 귀중한 무엇인가를 잊어버린 느낌이다.

보길도를 나와서 향한 곳은 대흥사. 우리 국토의 최남단에 위치한 두륜산(頭崙山)의 빼어난 절경을 배경 삼아 자리를 잡은 사찰로 서산대사가 "전쟁을 비롯한 삼재가 미치지 못할 곳[三災不入之處]으로 만 년 동안 훼손되지 않는 땅[萬年不毁之地]"이라 하였고, 초의선사로 인해 우리나라 차(茶) 문화를 이끈 곳으로 알려져 있다.

절 아래 대형 주차장이 마련된 식당가에서 배를 채우고 자동판매기에서 뽑은 커피를 마시면서 '이런 산중에 이름난 절이 있음으로 인하여 많은 사람들이 먹고살게 되는구나' 하는 생각을 해보았다.

차에서 내려 절집으로 들어서는 길은 그야말로 절경이다. 비록 초겨울의 싸늘한 바람과 흐린 날씨 속이었지만 기암괴석과 단풍이 어우러진 속에 넓게 자리한 사찰의 자태가 조화를 이루어 그중에 어느 하나라도 빠진다면 안 될 것 같은 아름다운 경치를 만들어내고 있다.

절의 역사와 규모만큼이나 곳곳이 문화 유적이요 선각자들의 발자취가 남아 있는 사찰을 둘러보고, 다음으로 향한 곳이 오늘날까지도 공직자라면 반드시 읽고 행하여야 하는 <목민심서>의 저자로 알려진 다산 정약용 선생의 흔적이 배어 있는 다산초당.

유학자이면서도 불교계 인물과도 교유(交遊)하여 초의선사와 차를 나누기도 하고, 천주교리와 접하며 삶의 안목을 넓힘으로써 학문을 학문 자체에서 그치지 않고 실생활과의 접목을 통하여 인간의 삶을 보다 편리하고 윤택하게 하는 실학사상을 바탕으로 수많은 업적과 저술을 남겼으나 권력 투쟁의 희생물이 되어 외로운 유배의 삶을 살았던 위대한 사상가의 발자취는 외롭고 쓸쓸한 산골짜기에 초가집[草堂]이 아니라 작은 기와집[瓦堂] 한 채로 남아 간간이 찾아오는 관광객을 맞이하는 한편 청춘 남녀의 데이트 장소를 제공하고 있었다.

다산초당을 찾기 전에 관광버스가 머문 곳은 다산기념관. 깨끗하게 정비된 주위의 환경을 배경으로 딱딱한 시멘트 건물과 돌로 만든 조형물들이 세워져 있는 곳에서 다산 초당까지는 1000여 미터를 올라가야 했는데 정작 본말이 전도된 것 같은 느낌이다. 처음 찾는 사람은 물어서 가야 할 정도로 안내 표지판이 빈약할 뿐만 아니라 거리도 너무 멀다. 차라리 초당으로 가는 길목에 있는 마을 즈음에 이러한 시설물을 설치하였더라면 어떠했을까 하는 생각과 더불어 건물이나 시설물 자체도 굳이 많은 예산을 들여서 규모를 키우기보다는 다산 선생의 사상에 걸맞게 소박하고 실용성이 있게 하였더라면 좋았을 것이라는 생각을 해보았다.

다산초당을 끝으로 이번 여행을 마무리 지으며 돌아오는 길에는 섬진강휴게소에서 재첩국으로 지친 속을 풀었다.

# 전설이 깃든 섬 연화도

2013년 3월 9일 찾아오는 봄 아가씨를 맞이하러 충무김 밥과 물병을 챙겨 넣은 배낭 하나 짊어지고 친구들과 부부 동반으로 일행 9명이 어울려 통영항에서 11시에 출항하는 배를 타고 17시에 돌아올 계획으로 '전설이 깃든 섬' 연화 도를 찾았다. 두어 번 다녀온 경험이 있어 추억을 되살려 볼 수 있어서 좋다.

한려수도(閑麗水道) 바다 위에 영겁(永劫)의 세월이 정성을 들여 빚어놓은 신비롭고 평화스럽게 놓여 있는 섬 들을 배경으로 우아하게 날갯짓하고 소리 내어 따르는 갈 매기 무리와 벗하며 미끄러지듯 흐르는 뱃길 여행. 밀려 왔다 밀려가며 섬을 둘러 받친 바위에 부딪쳐서 깨어지고 부서지는 크고 작은 파도, 호수같이 잔잔한 물결 위에 하 얀 포말의 흔적(痕跡)을 남기면서 오고 가는 배들마다 행 복한 웃음을 가득 담아 손 흔드는 사람들, 바다목장의 수

많은 부기(浮器)들이 줄을 지어 바다 위를 수고, 그 위로 불어오는 갯냄새 실린 시원한 바람. 무엇 하나 버릴 것 없이 가보지 않고 경험하지 않은 사람들이야 그 맛을 느낄 수 없는 멋진 경치다.

끊임없이 밀려오는 파도에 실려 간간이 불어오는 바람 따라 잔잔하고 감미롭게 때로는 거칠고 웅장하게 연주하는 자연의 음악. 물새들과 어울리고 더위를 식혀주는 산들바람의 쉼터가 되어 수많은 생명들을 키워서 사람들을 살찌우고 영겁(永劫)의 세월을 모진 비바람과 싸우고 사납게 울부짖으며 때리는 성난 파도에 부대끼고 버티면서 만들어낸 수없이 많은 상흔(傷痕)들을 아름다운 조각품으로 간직한 150개(유인도 41개, 무인도 109개)의 크고 작은 섬들을 품고 있는 바다의 땅 통영. 육지에서 보는 통영이 아니라 바다로 나가서 바다와 섬이 어우러져 만들어낸 아름다운 경치를 즐겨본 사람이라면 누구나 '한국의 나폴리 통영'이 아니라 '이탈리아의 통영 나폴리'로 불러야 제대로 된 표현이라고 말하리라.

통영항에서 남쪽으로 24km 해상에 위치하여 50여 분가량 배를 타고 바다와 섬이 어우러져 만들어내는 멋진 경치들을 즐기면서 닿은 연꽃섬[蓮花島]. 면적 3.41㎢, 해안선의 길이 약 12.5㎞, 제일 높은 연화봉[蓮花峰]의 높이 212m, 인구 192명(2012년. 욕지면사무소 통계). 다른 이름으로는 '네바위'라고도 불리며 통영시 관내 유인도(有人島) 가운데 가장 먼저 사람이 살기 시작한 곳으로 북쪽 바다에서 바라보는 섬의 모습은 꽃잎이 하나하나 겹겹으로 봉오리 진 연꽃을 떠올리게 하여 매끄러운 구석은 없지만 풍성한 입체감을 자아내고 있다고 한다.

조선 시대 연산군의 불교 탄압을 피하여 이 섬에 와서 수행을 하던 연화도사가 숨을 거두자 유언에 따라 바다에 수장(水葬)을 하니 한 송이의 연꽃으로 승화하였다는 전설에서 이름이 유래되었다고도 전하는데, 북쪽으로 마치 한 마리의 소가 누워 있는 것과 같은 형상이라 하여 이름 붙여진 우도(牛島 = 쇠섬)가 닿을 듯이 가까이에 있고 서쪽에는 욕지도(欲知島)가 자리하고 있다.

넓은 바다를 항해하던 배가 두 개의 섬 사이를 지나 속도를 줄이고 항구 가까이로 천천히 다가서자 바닷가 작은 마을에 옹기종기 모여 선 집들이 다정한 모습으로 마중을 한다. 선착장으로 들어선 여객선이 멈추어 서자 일렁이는 물결에 떠밀리지 않도록 선원들이 신속하게 밧줄을 던져서 육지에 붙들어 매고 배와 육지를 이어주는 문을 내려서 여행객과 차들이 뭍으로 안전하게 올라갈 수 있도록 도와준다.

마을길을 벗어나 포장길을 따라가자 세운 지 오래되지 않은 연화사(蓮花寺) 일주문이 사바세계(娑婆世界)의 중생(衆生)들을 인도(引導)한다.

진리는 둘이 아니라는 의미를 지닌 불이문(不二門)을 지나 500여 년 전 연화도인(蓮花道人)이 수행하고, 임진왜란 당시 나라를 구하기 위하여 승병을 이끌고 많은 전공을 세운 사명대사와 그를 따라온 자운선사 세 분의 비구스님이 머물러 도를 닦아 이순신 장군을 도와 왜적을 물리쳤다는 전설을 간직한 연화사에 들어서니 섬이라는 지형 특성에 맞추어 넓지 않은 공간을 적절하게 활용하여 깨끗하고 단아(端雅)하게 정리된 가람(伽藍)이 정겨운 모습으로 맞이한다.

경사진 돌계단을 따라 올라 대웅전에 들어서 자비의 눈길로 중생들을 맞이하는 부처님께 인사하고 마당으로 내려서니 왼쪽에 주변의 석등을 배경으로 하얗게 단장한 9층 석탑이 아름답다.

연화사를 둘러보고 길의 양편으로 줄지어 선 여러 종류의 동백꽃을 감상하면서 콘크리트로 포장된 경사진 길을 따라 오르자 숨길이 조금 가쁘다. 흐르는 땀을 훔치며 산마루에 올라서니 5층 석탑이 시원한 바람을 쐬면서 탁 트인 바다를 배경으로 단아하게 서 있다.

　석탑을 지나 등산로 옆으로 태풍에 그랬음직한 간이 시설물들이 쓰러져 있는 사이에 의자와 탁자가 놓여 있어 일행이 함께 '충무김밥'으로 맛있게 식사와 휴식을 즐긴 다음 산책로를 따라 에메랄드빛 바다를 밑그림으로 그 위에 떠있는 기암절벽과 배, 파도가 밀려와 절벽에 부딪쳐서 깨어지고 물러나면서 멋진 경치를 연출하며 손짓을 하고 있는 용머리 쪽으로 향했다.

　육지와는 조금 다른 맛을 내는 식물군을 감상하며 한참 동안 산길을 따라가자 제법 험한 길이 이어지고 산길이 끝나는 지점에 깊은 골짜기 사이를 이어주는 길이 46m의 출렁다리가 길손을 맞이한다. 언제나 그렇듯이 높은 곳에서의 공포감을 떨쳐버리기 위해 다리의 난간 줄을 잡고 아래쪽은 보지 않은 채로 몸의 균형을 잡아가며 앞만 보고 한 발 또 한 발 조심을 해가며 다리를 건너서자 암반 위에 방부목으로 조성한 산책로가 안내를 한다.

　발밑을 조심하면서 바윗길을 올라서자 시원하게 펼쳐진 청자색의 바다와 그 위를 날아다니는 갈매기, 기암절벽 아래 하얗게 부서지는 파도에 더하여 상큼한 바람과 자연이 연주하는 천연(天然)의 소리, 그리고 통통배가 어우러진 멋진 볼거리와 들을 거리, 느낄 거리가 저절로 감탄사를 자아낸다. 용머리 기암절벽 위에 아쉬움을 남겨두고 발길을 돌려 돌아오는 길의 뒤편으로 야트막한 산 아래 넓은 바다를 안고 아담하게 자리한 동두마을이 눈길을 끄는데 물 위에 생활의 터전을 마련한 축양장과 어선들, 바다 위에 떠 있는 섬과 섬, 동백의 숲, 바닷바람에 씻기고 파도소리 들으며 자라난 숲들이 정겹기만 하다.

경사진 비탈면에 의지하여 동해 바다를 향하여 자리한 보덕암을 둘러서 나오는 길에 하얗게 단장하고 인간의 질병을 치유하는 약병을 든 채 드넓은 마음으로 바다를 바라보며 인자하게 미소를 짓고 서 있는 해수관음보살님께 문안 인사 올리고 돌아서자 조금 전에 다녀온 용머리가 바닷물 속에서 힘차게 뻗었는데, 인간의 솜씨로는 흉내조차 낼 수 없는 자연이 비바람과 파도의 힘으로 영겁의 세월 동안 조각해놓은 아름다운 모습의 해식애(海蝕崖, marine cliff)가 금방이라도 한 마리의 용이 우렁차게 울부짖으며 바닷물을 박차고 요동을 치기라도 할 것 같은 형상으로 눈길을 유혹한다.

해수관음상을 지나 한 층, 한 층 쌓아 올린 다랑이논을 뒤로하고 등산로를 따라 연화봉 정상으로 오르니 일본의 기(氣)를 누르고 대한(大韓)의 기상을 높이고자 하는 염원을 담은 아미타대불(阿彌陀大佛)이 인자한 미소로 찾는 이의 마음을 더욱 풍요롭게 맞이하고 있어 그 앞에 잠시 살아오면서 채운 욕심과 때 묻은 마음들을 내려놓았다.

대불을 비켜서서 망해정(望海亭)에 올라 바다와 섬이 어우러져 연출하는 대자연의 멋진 경치를 가슴속에 간직하고 발길을 돌리니 연화도인과 사명대사 토굴이라는 간판이 붙은 시설물이 아름답지 못한 모습으로 길옆에 놓여 있다.

돌과 시멘트로 쌓아서 만들어진 토굴(?) 안에는 천정으로 나 있는 창을 통하여 들어오는 빛을 통하여 보이는 스님의 상이 좌정을 하고 앉았는데 유리로 된 출입문이 잠겨 있어서 참배하고 싶어하는 사람들의 발길을 막고 있다. 본래의 연화도인 토굴은 이 자리가 아니라 다른 곳에 있다고 하는데 차라리 원래의 토굴 가까이에 복원을 하여 원형을 훼손하지 않고 사람들이 실감할 수 있게 조성을 하든지, 현재의 위치에 조성을 하더라도 돌과 흙으로 토담을 쌓고 부연 설명을 해놓았더라면 조금은 따스하고 현실적인 느낌이 들지 않았을까 하는 생각을 해보았다. 더욱이 시설물을 안내하는 간판이 길에서 가까운 아래쪽은 연화도인 토

216

굴, 시설물에 접한 위쪽은 사명대사 토굴로 되어 있어 잠시 고개를 갸우뚱하게 만든다.

등산로를 따라 경사진 산길을 내려서자 하늘과 바다, 그 사이에 우도(牛島)가 연화섬과 이어진 듯 누워 있고 해산물을 키워내는 각종 양식장과 선착장이 있는 본촌마을이 평화스럽게 자리하고 앉았다. 바쁜 일상에서 잠시 벗어나 연화도인과 사명대사의 전설을 머금었고 이순신 장군을 도와서 임진·정유 왜란에서 23전 전승의 승리를 거둘 수 있게 도왔다는 세 비구니의 전설을 간직한 아름다운 섬 연화도를 찾아 잠시 바쁜 일상에서 벗어나보는 것도 삶의 활력소를 채우는 하나의 방법이 되리라.

## ● 사명대사, 자운선사의 전설을 간직한 연화사

통영시 욕지면 연화리 연화봉 아래에 자리한 연화사는 1988년 8월에 오고산 스님이 창건한 사찰로 500여 년 전 연산군의 억불(抑佛) 정책으로 한양에서 이곳 섬으로 피신하여 온 스님이 불상 대신 전래석(둥근돌)을 모셔놓고 예불을 올리고 수행하였으며, 입적하실 때 유언으로 "나를 바다에 수장시켜달라"고 하여 제자들과 섬 주민들이 스님을 바다에 수장하니 그곳에서 커다란 연꽃이 떠올랐다고 하여 섬의 이름을 연화도(蓮花島)라 하고 돌아가신 스님을 연꽃도인이라 하였다고 전한다.

사명대사가 이 섬으로 들어와 연화도인이 수행한 토굴(土窟) 터 아래에 움막을 지어 정진수행하였다. 후에 사명대사를 찾아 연화도에 들어온 스님의 속가 누님 등 여인 세 분을 출가시켰으니 보원, 보련, 보월이라 했다.

임진왜란으로 사명대사는 육지에서 승군을 일으켜 일본군을 막았으며 바다에서는 세 분 비구니 스님이 이순신 장군을 도와 거북선을 건조하여 왜군을 대적하니 승승장구하였다. 이순신 장군은 이 세 분 스님을 자운대사라고 하였으며 거북선의 도면을 이 세 분 스님들이 전수하였다고 전해진다.

사방이 기암절벽에 둘러싸여 경관이 빼어난 데다 연화
도인이 손가락으로 글을 썼다고 전하는 비석과 도승들이
부처처럼 모셨다는 전래석(둥근돌)이 산신각에 보존되어
있으며, 사명대사가 세 명의 비구니 스님과 함께 수도했다
는 서낭당(실리암) 등의 유물과 유적이 있는 연화도는 자
연의 신비와 생명의 경이를 느낄 수 있는 곳으로 여름이면
참돔, 돌돔, 농어, 가을과 겨울철에는 감성돔, 볼락 무리가
낚시꾼들을 유혹하는 바다낚시 장소로서 비경과 전설이
어우러지고 레저와 바다 관광이 함께하는 곳으로 해상 교
통도 편리하다.

# 문화유산에 대한 감상(感想)

유적(遺蹟)과 유물(遺物)은 문화유산(文化遺産)으로서 하나의 민족과 국민 그리고 국가의 살아 있는 역사인 동시에 긍지와 자존심의 증거라 할 수 있다. 문화가 없는 민족은 역사적인 바탕이 없고 자존심과 긍지를 느낄 수 있는 근본이 없는 것과 같아서 뿌리 없는 나무이며 근원이 없는 샘물과 같다.

인류의 오랜 역사를 통하여 하나의 민족이 고유의 영토 위에서 전통(傳統)을 유지하면서 자긍심(自矜心)을 가지고 단합된 정신으로 살아갈 수 있는 것은 고유의 전통과 문화를 보유하고 있기 때문이며, 그 전통과 문화를 지속적으로 후대에게 전하고 국민을 단합할 수 있게 하는 저력은 바로 선조들이 남겨놓은 문화유산이라 할 수 있을 것이다.

우리 한민족(韓民族)은 스스로를 문화 민족으로 자부한다. 세계의 강대국들 중에서도 문화 민족으로 고유의 전통을 유지하면서 살아가는 나라는 많지 않다. 영토를 보유하고 고유의 언어와 문자가 있으며 고유의 가축을 가진 문화민족으로서의 조건을 모두 갖추기는 쉽지 않기 때문이다.

우리 민족은 고유의 영토와 우리말(=한국어), 우리글(=한글)과 고유의 가축(=韓牛)을 모두 갖추고 오랜 세월 동안 고조선, 고구려, 백제, 신라, 발해, 고려, 조선 등으로 나라이름[國號]만 달리하였을 뿐 정통성을 유지하면서 이 땅에 뿌리를 내리고 시대의 흐름에 맞추어 인접한 나라들과 어깨를 나란히 하여 때로는 저항하기도 하고 타협도 하면서 대륙의 문화를 받아들이거나 새로운 창조를 통하여 체질화하여 고정화함으로써 고유의 문화를 유지하고 정착 발전시키며 살아왔다.

오랜 세월에 걸쳐 찬란하게 이룩되었던 우리 고유의 문화 유적이나 유물이 외침(外侵)과 내부의 무지로 훼손되고 사라져간 흔적들을 접하면 안타까움에 한숨을 쉴 수밖에 없다.

중국, 몽골, 일본 및 서구 열강의 침략과 약탈 그리고 6.25 전쟁을 겪으면서 오랜 세월에 걸쳐서 창조하고 조성되었던 수많은 문화유산들이 파괴되고 실종되거나 세계 각지로 흩어져 흔적도 없이 사라져버리고 말았다. 더욱 안타까운 것은 종교가 다르다고, 이념이 다르다고, 또 문화재에 대한 무지와 경제적인 이유 등으로 파괴되거나 불에 타고, 훼손되고, 약탈과 도난, 도굴을 당하여 사라지고 유출된 유물과 유적은 얼마나 많을 것인가 하는 것이다.

사라져 없어진 유적이나 유물들이 그대로 보존만 잘 되었더라면 이집트, 그리스, 앙코르와트의 캄보디아나 인도, 중국, 미얀마 등 세계 여러 나라의 고대 유적과 유물들이 관광 자원으로 국부(國富)를 불러들이듯이 그야말로 공해 없는 자산으로서 많은 경제적인 부를 이끌어내는 것은 말할 것도 없고 한민족의 우수성을 세계에 알릴 수 있는 소중한 자산이 되었을 것인데 하는 아쉬움이 앞선다.

박물관이나 별도의 정부 관련 기관 혹은 지방자치단체에서 관리하는 문화재는 그대로 두고서라도 수많은 문화유산이 보존되고 전해지는 곳은 사찰(寺刹)과 향교(鄕校), 서원(書院)이나 문중(門中) 재실(齋室) 같은 곳에서 문화재와 전통문화를 보유하고 계승 유지하려는 노력들이 이루어지고 있거나, 개인 수집가와 애호가가 재산적인 가치와 취미로 수집하여 보관하거나 관리하기도 한다.

우리의 문화유산을 많이 보유하고 있는 곳 가운데 하나가 오래된 사찰로 전통의 건물이나 오래된 석조물(石造物)과 불화(佛畵) 등을 많이 보유하고 있다. 불교의 교법

(敎法)으로 난리와 외세를 물리치고 나라를 지키고자 하는 호국불교(護國佛敎) 사상의 영향으로 찬란했던 불교 문화유산들이 전통의 건축 양식이나 조각품으로 국토의 구석구석에 남아 있어 선조들의 얼을 전해주는 동시에 후세들이 전통의 건축 양식이나 예술 작품 등을 연구하고 이어갈 수 있는 귀중한 자료가 되고 있지만, 반면에 폐허로 변했거나 흔적만 남아 있는 사찰 유적이나 유물들도 헤아릴 수 없을 정도로 전국에 널려 있다.

폐허가 되어 흔적만 남았거나 원형이 훼손되고 파괴된 유물이나 유적들을 볼 때마다 안타까운 마음이 앞선다. 문화재적인 가치는 그만두더라도 얼마나 소중하고 커다란 관광 자원을 우리는 잃었으며 또 파괴하고 있었는가. 산과 들에 놓인 불상의 코는 깎여 나가고 눈은 파이고 목은 날아가고 탑이나 승탑(僧塔), 석등은 부서지고 도난을 당하여 없어지거나 엉뚱한 장소에서 돈의 가치로 거래의 대상이 되고 있는 것이 우리 문화재의 현주소다,

더욱 안타까운 것은 근래에 조성되거나 들여오는 일부 불상이나 석등과 같은 조각품들을 보고 있으면 국적이나 근본을 알 수 없는 작품들이 많아서 오랜 세월이 흐르고 난 뒤에는 우리의 문화는 말할 것도 없고 역사마저 왜곡당할 빌미를 제공하지나 않을까 하는 우려마저 생긴다는 것

이다.

값이 싸다는 이유로 중국을 비롯하여 일본이나 동남아 등지에서 그들 나라의 방식으로 조성된 불상이나 조각품들을 아무런 여과(濾過) 과정도 없이 수입하여 설치를 하거나 장식을 하고 있지만, 세월의 흐름에 따라 환경이 변한다면 그들의 나라에서 이러한 조각품들을 근거로 우리나라에 문화를 전하여주었다고 역사를 왜곡하는 주장을 하여도 변명의 여지가 없어져버릴지도 모른다.

비록 지금은 별다른 생각 없이 일본식 석등이나 조각품을 사찰이나 정원의 뜰에 설치를 하여 두고 감상을 하고 있지만, 역사 왜곡의 근성을 가진 그들이 자기네들이 우리나라에 문화를 전하였노라고 억지 주장을 하여도 할 말이 없어질 우려가 없지 않다.

지금이라도 무절제하게 들여오거나 조성되는 이러한 조각품에 대하여는 형식이나 규격을 정하여 규제를 하는 것이 옳지 않을까 하는 하는 생각도 해본다. 물론 저항이나 불만도 없지는 않겠지만 스스로가 역사의식을 가지고 참여하도록 이해를 구하는 분위기를 조성한다면 크게 문제가 되지는 않을 것 같다.

비록 경제적인 이유 등으로 외국에서 제작을 하여 들여오더라도 우리나라 전통의 양식을 주문하고, 국내에서 제작되는 건축물이나 조각품들을 국적도 없이 무분별하게 만들 것이 아니라 우리나라만의 고유한 모양과 방식을 만들어내고 소장자로서 혹은 장인(匠人)으로서 역사의식을 가져야 할 것이다.

가을 여행 (1)

가을 여행 (2)

천만리 머나먼 길에

천만리 머나먼 길에 (사천 곤양 소재 단종태실지)

가진 이의 여유와 낭만

가진 이의 여유와 낭만 2

가진 이의 여유와 낭만 3

가진 이의 여유와 낭만 4

가진 이의 여유와 낭만 5

가진 이의 여유와 낭만 6

서생포왜성을 다녀와서 1

서생포왜성을 다녀와서 2

서생포왜성을 다녀와서 3

청산도 1

청산도 2

청산도 3

청산도 4

청산도 5

**청산도 6**

**연화도 1**

연화도 2

연화도 3

연화도 4

문화유산에 대한 감상 (문종대왕 태실비)

글쓴이

# 이중동(李重同)

◎ 1951년 경남 통영 출생

◎ 1979년 경상대학교 축산학과 졸업

◎ 1990년 경상대학교 대학원 축산학과 졸업 (농학석사)

◎ (전) 경남도청 근무

◎ 2010년 녹조근정훈장 수훈

◎ 번역 및 저서

〈식육과 건강〉

〈풍토의 산물〉

〈식육에 대하여〉

〈한국·일본의 식육문화〉

〈한민족·한우 아름다운 동행〉

〈살며 생각하며〉

# 살며 느끼며
2

글/사진 **이중동**

기획 **이상명**
교정/교열 **다미안**
표지 그림 **이보람**
디자인 **김현경**
펴낸곳 77page
이메일 77pagepress@gmail.com

초판 1쇄 발행 **2020년 7월 13일**
ISBN 979-11-968095-6-0